Annemarie Nikolaus: Flirt mit einem Star
Quick, quick, slow – Tanzclub Lietzensee

Annemarie Nikolaus

Flirt mit einem Star

Quick, quick, slow – Tanzclub Lietzensee

1

Tanja Walters schreckte mit ihrer abgefahrenen Fahrradklingel zwei Elstern auf, die sich auf dem Radweg um einen glitzernden Fetzen Stanniolpapier zankten. Das Papier blieb liegen, als die beiden in die Kastanie vor dem Festplatz am Zehlendorfer Hüttenweg flüchteten.

Tanja stieg ab und schloss das Fahrrad an einer Straßenlaterne an. Dann bückte sie sich nach dem Stanniol und warf es in den nächsten Abfallkorb. Das hatten sie nun davon!

An jedem Karussell spielte eine andere Musik; die Betreiber versuchten anscheinend, einander zu übertönen. Dachten sie, wer am lautesten war, lockte die meisten Leute an? Der verführerische Duft nach Gegrilltem kam ihr entgegen. In einer Gasse, in der Barbecue-Buden mit Mais, Grillrippchen, Steaks und amerikanischem Bier standen, drängten sich die Festbesucher. Sie kam zwar gerade vom Mittagessen, aber sie hätte sich trotzdem wenigstens ein Rippchen gekauft, wenn die Schlangen vor den Essensständen nicht so lang gewesen wären.

Für sie als Square Dancerin war das Deutsch-Amerikanische Volksfest geradezu ein Muss. Und sie liebte es. Das echte Amerika konnte sie sich frühestens leisten, wenn sie mit dem Architektur-Studium fertig war.

Am Riesenrad traf sie den ersten aus dem Tanzclub Lietzensee: Norbert Kaminski stieg mit seinem zwölfjährigen Sohn Oliver aus einer Gondel.

„Tanja, Tanja!" Oliver hüpfte auf sie zu. „Fährst du Geisterbahn mit mir?"

„Wieso ich?“ Sie grinste Norbert an. „Fürchtet sich dein Vater?“

Oliver zog die Mundwinkel nach unten. „Nein. Deswegen macht es mit Papa keinen Spaß. Er tut nur so.“

„Dann musst du noch mal wiederkommen, wenn deine Mutter dabei ist. Ich grusele mich auch nicht.“

„Das geht nicht.“ Plötzlich sah Oliver aus, als würde er gleich in Tränen ausbrechen.

Norbert zog warnend die Augenbrauen hoch. Da war sie wohl in ein Fettnäpfchen getreten. Und sie hatte gedacht, Norberts Scheidung wäre einvernehmlich gewesen.

Sie legte ihren Arm um Olivers Schultern. „Dann verdonnern wir Chris dazu. Komm, wir gehen ihn suchen.“

Mit den anderen aus ihrer Square Dance-Gruppe waren sie in der „Main Street“ verabredet. Hier hatten sich die Budenbesitzer auf Country Music geeinigt. Sehr vernünftig! Ein wenig leiser war es auch. Tanja sang mit, was sie kannte, während sie nach den Tänzern Ausschau hielten.

Chris Rinehart, der amerikanische Caller der Gruppe, stand neben Tanjas Partner Micky Hassloff an einer Schießbude. Chris war in Zivil gekleidet, während Micky vom Stetson bis zu den hochhackigen Stiefeln wie ein Cowboy aussah. Ein äußerst echt aussehender Cowboy: muskulös und braungebrannt, als würde er tatsächlich das ganze Jahr über Rinderherden hüten. Selbst die sandblonden Haare wirkten wie von zu viel Sonne gebleicht. Dabei saß er Tag und Nacht in der TU vor den dämlichen Computern.

Chris erklärte ihm die Bedienung eines Luftgewehrs und der Schießbudenmann verfolgte das Tun der beiden mit offensichtlichem Unwillen. Aber dann wurde er von einem älteren Mann mit Sombrero und befranstem Trapperhemd abgelenkt und wandte sich von ihnen ab.

Sie ging näher und wies dann auf den Inhaber. „Der hat wohl Angst, dass Micky ihm die Bude abräumt.“

Micky drehte sich um. Das Blau seiner Augen wurde intensiver, als er sie ansah. Dunkel wie ein See, in dem sie versinken könnte. Was für ein alberner Gedanke! Ertrinken würde sie; sie konnte überhaupt nicht schwimmen.

Sie stützte sich mit einem Ellenbogen neben ihm auf den Tresen und hoffte, dass sie cool wirkte.

„Tanja, was soll ich dir schießen?"

„Mir? Tja ... Kein Stofftier jedenfalls. Ich habe schon hundert Stück. Mindestens." Sie blickte vom Laufband mit den vorbeirollenden Zahlen zu den ausgestellten Gewinnen hoch und wieder zurück zum Laufband. „Kannst du überhaupt vorher wissen, was du erwischst?"

Chris lachte. „Irgendwas wird er schon treffen."

„Irgendwas ..." Es war alles Schnickschnack, was da aufgereiht war. „Können die einen nicht was Nützliches gewinnen lassen?" Vielleicht sollte sie Micky besser gleich sagen, dass sie an nichts davon interessiert war. Aber er hatte seine Schüsse wohl schon bezahlt. Er sollte auch nicht denken, dass sie nichts von ihm haben mochte.

„Das ist hier das Deutsch-amerikanische Volksfest!" Micky schwenkte das Luftgewehr. „Hier geht es nicht um Nutzen, sondern um Völkerfrieden. Oder so ähnlich."

„Völkerfrieden? Micky, du bist aus der Zeit gefallen: Die DDR gibt es nicht mehr." Wie immer, wenn ihm keine Entgegnung einfiel, bekam er rote Ohren. Es war so leicht, ihn aufzuziehen.

„Du meinst unsere Lebensart." Chris wies mit einer ähnlich großspurigen Geste wie Micky zur Gasse mit den Barbecues.

„Eure Lebensart? Pah!" Sie grinste frech. „Ihr habt uns einfach unsere Quadrille abgeguckt."

„Aber du musst zugeben, unser Square Dance ist viel lustiger als eure Quadrille. Deswegen ist die längst aus der Mode gekommen." Chris legte Micky eine Hand auf die Schulter. „Je länger du zögerst, desto unsicherer wirst du."

Mickys Blick ging vom Laufband zu Tanja zurück. „Kann nicht sein! Mehr unsicher geht nicht." Insbesondere, wenn sie so dicht neben ihm stand, dass ihr Parfüm ihn benebelte. Als ob nicht ihr Anblick allein reichte, ihm den Atem zu nehmen. Ihre dunkelblonden Haare waren gerade wieder halblang gewachsen und mit jedem Windstoß streichelten sie ihr Gesicht. Dort, auf ihrer Wange, hätte er gerne selber seine Finger. Doch da war wohl nichts zu machen. Seit über drei Jahren tanzten sie nun zusammen, aber Tanja kam nicht einmal dann zu ihm, wenn sie mit ihrem Computer nicht klarkam.

Mit zusammengekniffenem Auge legte er das Gewehr an die Schulter, entschied sich für ein Ziel und schoss. Daneben. Was hatte er sich auch von Chris bequatschen lassen! Er repetierte und schoss ein zweites Mal, ohne erst lange zu zielen. Dieses Mal traf er. Er richtete sich auf und wischte sich die klammen Finger an der Hose ab. „Zufall." Wenigstens stand er jetzt nicht wie ein kompletter Idiot da.

Aber er hatte noch zwei Schüsse übrig, um sich zu blamieren. Er legte wieder an; beide Male traf er eine Zahl auf dem Laufband. Erleichtert grinsend legte er das Gewehr auf den Tresen und sah den Inhaber erwartungsvoll an. „Jetzt bin ich mal gespannt." Dessen finsterem Gesicht nach zu urteilen waren das ordentliche Gewinne, die er sich gerade erschossen hatte.

Tanja packte ihn am Arm und zog ihn zu sich herum. „Drei von vier Mal getroffen. Micky, du bist ein Naturtalent."

Darauf wusste er nichts zu sagen. Verlegen wandte er den Blick zum Budenbesitzer zurück.

Und Chris setzte noch eins drauf. „Ich habe es doch gleich gesagt. Du schaffst, was du dir vornimmst."

Sein Nacken wurde heiß; bestimmt errötete er jetzt. Er hielt den Blick stur auf den Inhaber gerichtet, der Gewinne hin und her räumte. „Der scheint nicht recht zu wissen, was er mir geben soll." Und lauter. „Junger Mann, darf ich mir etwas aussuchen oder wie ist das jetzt?"

„Einen Augenblick", kam die mufflige Antwort. Plötzlich hatte der Mann keinen amerikanischen Akzent mehr, sondern einen Tonfall, der sehr hessisch klang.

„Trotz des Huts und der Klamotten: Das ist kein Amerikaner." Tanja feixte unverhohlen. „Amerikaner sind eindeutig großzügiger."

Lachend klopfte Chris ihr auf die Schulter. „Ich fühle mich geehrt, *Ma'am*."

Der Inhaber der Schießbude bequemte sich schließlich, die Gewinne auszuhändigen. Natürlich war ein überdimensionales Stofftier dabei – eine rosa Ausgabe von Bugs Bunny.

Micky versuchte, es Oliver aufzuhalsen, aber der lehnte empört ab. „Rosa ist für Mädchen!"

Chris nahm ihm den Hasen schließlich ab; damit konnte Madeline ihre Großmutter beglücken. Der zweite Gewinn waren Seifenblasen; Oliver nahm sie gnädig entgegen. Der dritte Preis dagegen hatte einen gewissen Nutzen: ein Dampfbügeleisen. Aber wie konnte er so etwas Tanja schenken?

Sie packte es aus und betrachtete es von allen Seiten. „Für meine Mutter!"

„Meinst du, sie bügelt zum Dank meine Hemden?"

„Meine Mutter bügelt nie!" Hochmütig reckte sie das Kinn.

Er starrte sie an. Dachte sie etwa, er hätte seine Frage ernst gemeint?

Lachfältchen kringelten sich um ihre Augen, als sie das Bügeleisen schwenkte. „Vielleicht fängt sie jetzt damit an." Sie zog ihn auf! Und er war wieder einmal auf sie reingefallen. Wie machte sie das bloß immer?

„Lass den Mann ausprobieren, ob es funktioniert", warnte Chris.

„Ich wusste gar nicht, dass du so pingelig sein kannst", klang plötzlich die Stimme von Madeline Lagrange hinter ihnen.

Chris drehte sich um, zog sie an sich und küsste sie ausdauernd.

„Du möchtest wohl, dass ich möchte, dass wir den Rundgang beenden! Bevor ich überhaupt damit angefangen habe?" Madeline lachte, halb außer Atem von dem langen Kuss.

„*What?*" Chris machte ein unschuldiges Gesicht, als begreife er nicht, was sie damit meinte. „Wir haben zuerst noch etwas zu erledigen."

Tanja reichte dem Schießbudenmann das Bügeleisen zum Testen. Aber ohne destilliertes Wasser gab es wenig auszuprobieren; immerhin schaltete es sich ein und wurde heiß. Was dazu führte, dass sie es nicht gleich wieder einpacken konnte. Sie drückte es Micky in die Hand und er musste es tragen, bis es sich abgekühlt hatte.

Tanja hakte sich bei Norbert unter und nahm Oliver an der Hand. Sie folgten Chris zu einer Bühne, auf der drei Männer vor einem elektrischen Lagerfeuer saßen und auf ihren Gitarren Western-Songs spielten. Mindestens einer von ihnen sang ziemlich falsch.

„Buh!" Unbekümmert wie immer machte Tanja aus ihrer Abscheu keinen Hehl. „Manches hier ist wirklich eine Zumutung."

Oliver legte den Kopf schräg. „Die jaulen. Eure Tanzmusik finde ich besser."

Norbert lachte und wuschelte Oliver durch die Haare. „Du und Tanja, ihr habt offensichtlich den gleichen Geschmack, Cowboy."

Chris stieg die Stufen neben der Bühne hoch und verschwand hinter einem Vorhang. Kurz darauf kam er mit strahlender Miene wieder hervor, neben ihm ein junger Mann mit Zigarre im Mundwinkel. Der sagte etwas; daraufhin tippte Chris auf seinem Smartphone herum und schüttelte dem Mann die Hand.

Er sprang mit einem Satz zu ihnen herunter. „Werner wird begeistert sein. Wir kriegen 500 Euro."

Madeline runzelte die Stirn. „Wer – wofür?"

„‚Wir' für einen Auftritt hier."

„Großartig." Micky klopfte Chris auf die Schulter. „Es wird unsere Position im Verein stärken."

Tanja feixte. „Nicht einmal die Latein-Formation bringt so viel. So wenig er uns ernst nimmt; Schorsch kann es sich nicht leisten, uns kaltzustellen."

„Großpapa ist eben altmodisch; aber er meint es nur gut mit dem Verein."

„Altmodisch?" Micky verzog das Gesicht. Dass Madeline immer noch ihren Großvater verteidigte ... „Da sage ich nur ‚Quadrille'." George Lagrange interessierte sich nicht einmal für die alten Tänze, über die seine eigene Frau forschte.

Madeline sah immer noch etwas ungläubig von einem zum anderen. „Du meinst, unsere Square Dance-Gruppe tanzt hier? Aber wir sind doch gar keine Amerikaner." In den wenigen Monaten, die sie mit ihnen tanzte, hatte sie noch nicht miterlebt, wie merkwürdig manche Auftritte zustande kamen.

„Seit die *Army* abgezogen ist, ist es schwerer geworden, diese Kirmes echt amerikanisch zu machen. Oder teuer." Chris deutete auf die Sänger, die sich gerade am Bühnenrand verbeugten. „Auch nicht echt."

Auf der Bühne begann die nächste Nummer: eine Gruppe als Saloon-Mädchen kostümierte Tänzerinnen. Sie waren wirklich gut und bekamen auch von den weiblichen Zuschauern Applaus, als sie sich zum Schluss umdrehten und ihre Röcke lüpften.

„Dieser Cancan ist aber nicht so ganz stilecht, oder?" Unversehens packte Madeline Chris am Arm und zog ihn mit einer heftigen Bewegung zu sich herum. „Hast du denn einen Termin ausgemacht?" Sie schien plötzlich in Panik darüber zu geraten, dass sie selber dort oben stehen sollte. Freilich, es würde ihr erster öffentlicher Auftritt mit ihnen sein. „Ohne zu wissen, ob alle Zeit haben zu tanzen? Was ist mit Hinnerk? Er ist schon wieder in Hongkong ..."

Chris legte ihr beschwichtigend die Hand auf den Mund. „Langsam!" Er küsste sie flüchtig auf die Wange. „Nicht aufregen. Der Manager hat uns drei verschiedene Termine vorgeschlagen. Wir müssen sie nicht alle wahrnehmen."

„Dann gibt es aber weniger Geld.", sagte Tanja. Man sollte sie in den Vorstand wählen; dann hätte der Verein keine Sorgen mehr.

Micky drehte sich schnell zur Seite, damit sie sein Grinsen nicht sah. Womöglich würde sie sich beleidigt fühlen.

„Natürlich. Was dachtest du? Jeder Auftritt wird extra bezahlt." Chris hielt Madeline immer noch an sich gedrückt und streichelte ihren Rücken. Die beiden waren ein Anblick zum Neidischwerden.

„Dann sollten wir drei Mal tanzen." Micky zwinkerte Tanja zu. „Und Madelines Großvater damit für alle Zeiten außer Gefecht setzen."

„Außer Gefecht?" Sie stieß ihn in die Seite. „Du hast dich wirklich gut an den Wilden Westen angepasst."

„Ich bin lernfähig; weißt du das nicht?" Er grinste verschmitzt.

Sie blickte ihn skeptisch an. Aber diesmal fiel er nicht auf sie rein. Er reckte selbstbewusst das Kinn und daraufhin hatte sie keinen Spruch parat.

2

Fünf Tage später stand Micky mit Tanja und vierzehn anderen Square Dancern wieder vor der Bühne auf dem Deutsch-Amerikanischen Volksfest.

Dieses Mal trug Chris wie alle anderen Männer hochhackige Cowboy-Stiefel, Stetson und *Bolo Tie* zu Jeans und kariertem Hemd. Die Tänzerinnen hatten knielange Röcke in leuchtenden Farben und üppige Petticoats angezogen; nicht zeitgemäß für den Wilden Westen, aber mittlerweile die übliche Kostümierung für den Square Dance. Tanja hatte sich von Carola Maaßen die Haare hochstecken lassen; ein paar gelockte Strähnchen umrahmten ihr Gesicht. Sie sah noch zauberhafter aus als sonst.

Lydia Aydemirs unmusikalischer Mann war treu zum Beifallklatschen gekommen, genauso wie Norberts gesamte Kinderschar mitsamt der Mutter. Bettina Hinz' Mann trug die Tochter in der Babytrage auf seiner Brust; sie schlief gänzlich unbeeindruckt vom Kirmeslärm. Andrea Falshagens Mann hatte immerhin die halbwüchsige Tochter überreden können mitzukommen; die anderen beiden gingen inzwischen eigene Wege, die sie nicht in den Tanzclub Lietzensee führten.

Einer der Berliner Clubs, die sich auf Square Dance spezialisiert hatten, tanzte vor ihnen. Ein Fiedler-Duo, das für die Bühne arbeitete, begleitete sie. Das war auch nicht echt: Die beiden Männer spielten Geige, nicht die *Fiddle*.

„Sie sind im Schnitt deutlich älter als unsere Truppe", bemerkte Norbert, der mit seinen fünfunddreißig Jahren selber nicht mehr zu den Jüngsten unter ihnen zählte. „Denen fehlt es an Geschmeidigkeit."

„Ganz im Gegensatz zu dir." Mit einem Augenaufschlag der altmodischen Art – Flirt Marke Western-Style – hakte sich Carola, seine Partnerin, bei ihm ein.

Norberts Ex-Frau schnaufte hörbar empört, aber dann wurde sie von ihren beiden kleinen Töchtern in Beschlag genommen. Sie hatte ihn nicht mehr gewollt, aber eifersüchtig war sie noch immer. Sollte einer die Frauen verstehen! Micky schüttelte den Kopf über sie.

Aber es war nicht nur Geschmeidigkeit, woran es der anderen Gruppe mangelte; nichts Gravierendes, und doch ... Es fehlte an Harmonie, an Genauigkeit. Als ob sie sich uneins wären oder beständig miteinander konkurrierten. Der Applaus war spärlich; sehr deutlich nur höflich statt begeistert. Vermutlich waren die Patzer selbst für die ungeschulten Augen der Zuschauer unübersehbar gewesen.

Madeline wandte sich nach Chris um. „Wir haben den besseren Caller."

Er küsste sie ungeniert und streichelte ihren Rücken, um ihr Lampenfieber zu dämpfen. An diesem späten Juli-Nachmittag war es noch immer drückend heiß; aber dass Madelines Kleid schon jetzt schweißgetränkt an ihrem Rücken klebte, lag wohl kaum an der Hitze.

Norbert stieß Chris in die Seite. Der Bühnenmanager war – Zigarre im Mundwinkel – auf dem Weg zu ihnen.

Micky streckte seine Hand nach Tanja aus, aber statt mit ihm zur Bühne hochzusteigen, hakte sie Madeline unter.

„Hast du Lampenfieber?", fragte sie. Nun gut; unter diesen Umständen musste er das nicht als Abfuhr interpretieren.

Madeline schluckte schwer und brachte keinen Ton heraus; sie presste eine Hand auf die Brust.

„So kenne ich dich gar nicht", sagte Tanja. Aber es war

auch das erste Mal, dass Madeline öffentlich mit ihnen auftrat. „Wird schon!“

Chris blieb direkt hinter dem Vorhang stehen und ließ sich vom Manager ein drahtloses Mikrofon befestigen. Als Madeline an ihm vorbei zu ihrem Platz im Square ging, hauchte er ihr einen Kuss auf die Wange. „Du siehst aus wie eine Leiche, *Darling*.“

„Na, danke schön. Tolles Kompliment!“

„Es wird dir gleich besser gehen.“ Er hielt sie fest und küsste sie auf den Mund; seine Augen glitzerten vor Mutwillen.

Chris’ sprühende Laune schien ansteckend. Übermütig griff Tanja nach Mickys Hand und drehte sich in seinen Arm, bevor sie sich ordentlich aufstellten. Der flammende Blick, den sie ihm dabei zuwarf, verschlug ihm für einen Moment den Atem: Glich er nicht dem, den Madeline eben für Chris gehabt hatte? Aber er hatte sich das gewiss nur eingebildet.

Der Vorhang ging auf und der Manager stellte sie vor. Chris hob die Hand; die Geiger begannen das erste Stück und Chris sang seine Calls: „*Bow to the partner. Join and circle to the left for a while ... Walk around the corner ...*“

Als Tanja beim „*Walk*“ ihre Röcke schwenkte, wurde der Duft intensiver, der sie umgab. Ihre Mutter hatte schon wieder Weichspüler benutzt. Micky versuchte krampfhaft, den Niesreiz zu unterdrücken. „*Circulate ... And swing your girl ...*“ Er nahm sie in Tanzhaltung und einen Augenblick lang lehnte sie sich in seinen Arm, bevor sie seinem sanften Druck in die Bewegung folgte. Wenn sie mit ihm tanzte, wurden sie eine Einheit und Tanja wusste eine Sekunde vor seinem nächsten Signal, was er von ihr wollte. Aber sobald die Musik verklang, war sie distanziert und sarkastisch.

.Dann war ihr Auftritt zu Ende. Von den Zuschauern kam geradezu frenetischer Beifall. So hatten die Leute bei den anderen Square Dancern nicht geklatscht. Tanja stieß einen langen Atemzug aus, als hätte sie die Luft angehalten. Obwohl sie schon so oft aufgetreten war, schien sie jedes Mal wieder die Angst zu packen, sie könnte patzen. Kommentarlos ließ sie es sich gefallen, dass er sie an der Hand nahm und mit dem Daumen ihren Handrücken streichelte.

Er zog sie an den Bühnenrand. „Verbeugung!"

Dann schob sich der Vorhang zwischen sie und die Zuschauer. Der Manager wies auf einen Karton mit Mineralwasser-Büchsen und Micky nahm zwei für sich und Tanja heraus.

Madeline wischte sich mit dem Arm den Schweiß von der Stirn. „Ist das immer so nervenaufreibend?"

Carola lachte. „Dabei ist das nicht einmal ein Wettbewerb."

„Wer weiß das schon!" Norbert hatte ein Bier aufgetrieben und nun einen Schaumbart im Gesicht. Er verzichtete auf die Stufen und sprang von der Bühne hinunter, direkt vor seinen Sohn, der dort auf das Ende des Auftritts gewartet hatte.

Oliver hüpfte auf und ab. „Gehen wir jetzt zur Achterbahn, Papa? Jasmin und Maike sind schon zwei Mal gefahren."

„Na klar! Das holen wir sofort auf." Norbert schob seinen Stetson in den Nacken und verabschiedete sich mit einem breiten Grinsen. Die Hand auf Olivers Schulter, schob er ihn durch die Menge.

Micky hielt immer noch Tanjas Hand, als sie die Treppe hinunterstiegen. Plötzlich machte sie das nervös. „Ich geh schon nicht verloren." Sie zog ihre Hand weg.

Er sah sie verdutzt an; dann zuckte er die Achseln.

Chris kam die Stufen neben der Bühne herunter, in lebhafte Unterhaltung mit einem massigen Mann mit lichtem

Haar vertieft. Sein Anzug war zu teuer für einen Kirmes-Menschen. Er kam ihr irgendwie bekannt vor, aber sie hatte gerade keine Idee, wo sie ihn hinstecken sollte. Ein Politiker?

Chris streckte die Hand nach Madeline aus und zog sie an sich. „*Madeline, please meet Ralph Kincaid.*"

Kincaid, der Film-Produzent! Kein Senats-Fritze. Genau; sie hatte den Mann in irgendeiner Fernsehsendung gesehen.

„*Ralph, meet Madeline Lagrange.*" Chris sprach ihren Nachnamen französisch aus, nicht berlinerisch. So klang es sehr viel eleganter; Tanja verkniff sich ihr Grinsen. „*She's the granddaughter of one of the heads.*" Was für Köpfe? Von was?

„Mit Großpapa würde ich nie angeben", sagte Madeline zu Chris auf deutsch. Sie sprachen vom Tanzclub Lietzensee?

Kincaid schien sie nicht verstanden zu haben. „*Nice to meet you, Miss.*"

Dann wandte er sich wieder an Chris. Er sprach offensichtlich nur englisch. „Ihre Truppe hat mich überzeugt, Chris."

Tanja trat näher. „Wovon überzeugt?" Sie gab sich keine Mühe, ihr Misstrauen zu verbergen.

Kincaid drehte sich zu ihr um. „Eure Truppe ist die beste von allen, die ich in diesen Tagen gesehen habe."

„Für so etwas interessieren Sie sich, Mister Kincaid?"

„*Ralph, please.*" Er wandte sich wieder an Madeline. „*Miss* ... Madeline, ob Ihr Großvater sich wohl heute oder morgen Zeit für mich nehmen könnte?" Der hatte es aber eilig!

„Warum wollen Sie Großpapa sprechen, Ralph?"

„Weil ich euch haben will. Ich rechne mit drei Drehtagen."

Tanja schnappte nach Luft. „Drehtagen? Sie wollen uns für einen Film engagieren?" Unglaublich. „Los Alamos!" Das war es! Darum kam ihr Kincaid so bekannt vor. „Manolo Rioja dreht in Babelsberg ‚Los Alamos‘. Und Sie sind der Produzent, nicht wahr?“ Das konnte nicht wahr sein; sie träumte.

Madeline lachte auf. „Wieso weißt du so gut Bescheid, Tanja?“

„Na, kam doch in aller Ausführlichkeit im rbb.“ Ihre Hände wurden klamm vor Aufregung. „Manolo Rioja ist der Hauptdarsteller. Es wird ein richtig schöner klassischer Western ...“

Chris unterbrach sie mit einer Handbewegung. „Erzähl uns das nachher in der Kneipe.“

„Ihre Begeisterung ist ein großes Kompliment für uns.“ Kincaid zog sein Handy aus der Jackentasche, starrte darauf und tippte eine schnelle Antwort. Dann wandte er sich wieder an Tanja. „Ich werde Ihnen alles über den Film erzählen, was Sie wissen möchten.“

„Ein Western?“ Madeline sah ungläubig von ihr zu Kincaid. „Sie drehen in Deutschland einen Western?“

„Es rechnet sich. Ihr Land hat eine großartige Filmförderung.“ Er grinste. „Und man bekommt hier fast alles. Komparsen für die Square Dance-Aufnahmen zum Beispiel.“ Er steckte sein Handy wieder ein. „Nur für die Szenen außerhalb von Los Alamos haben unsere Scouts keine brauchbare *Location* gefunden. Die werden wir in Frankreich drehen.“

Vor Aufregung bekam Tanja einen trockenen Mund; sie hätte die Mineralwasser-Büchse nicht hinter der Bühne stehen lassen sollen. „Komparsen. Davon brauchen Sie doch bestimmt eine ganze Menge in so einem Western.“

Kincaid musterte sie von oben bis unten. Überlegte er, ob er sie gebrauchen konnte?

Eilig setzte sie nach. „In den Semesterferien verdiene ich mir mein Studium als Komparsin.“ Zwar hatte sie das erst zwei Mal gemacht und nur fürs Fernsehen; Kino, das war sicher noch mal eine andere Nummer. Aber das brauchte sie ihm ja nicht zu sagen.

„Wie viele von unseren Leuten wollen Sie engagieren?“ Madeline war wie stets mehr den praktischen Überlegungen zugetan; Schauspieler schienen sie nicht sonderlich zu interessieren.

„Ich will drei Squares. Dabei werden zwei Paare Schauspieler und Komparsen vom Set sein. Werden Sie das hinbekommen, Chris?“

„Können diese Schauspieler irgendetwas tanzen?“, fragte Chris.

Kincaid zuckte die Achseln. „Es wird reichen. Ist doch realistisch, dass nicht alle gleich gut sind. Und wir werden nicht voll draufhalten.“

„Das ist gewagt, Chris! Wenn auch nur einer unserer Ersatztänzer ausfällt, platzt die Geschichte.“ Madeline wollte es ihm offensichtlich ausreden. Oh nein! Tanja warf ihr einen grimmigen Blick zu. Sie würde sich das keinesfalls entgehen lassen.

Aber bevor ihr etwas dazu einfiel, kam Chris ihr zu Hilfe. „Keine Sorge, *Darling*. Wozu haben wir einen ganzen Verein?“ Er strich Madeline beruhigend über den Rücken.

„Ich glaube nicht, dass wir andere Leute aus dem Verein dafür kriegen. Großpapa wird befürchten, wir machen sie ihm abspenstig.“

Micky zuckte die Achseln. „Unter der Hand ...“

„Genau!“ Tanja sah ihn dankbar an. Micky war doch der Beste! „Und ich bringe meinen Bruder mit. Axel ist es gewohnt, von mir herumkommandiert zu werden.“ Auf Englisch wandte sie sich wieder an Kincaid. „Wann soll es losgehen?“

„In vier Wochen beginnen wir mit den Dreharbeiten“, antwortete er.

„Vielleicht wird unser Kreis anschließend ein wenig größer und wir können tatsächlich ein drittes Square aufmachen.“

Madeline schien dem Ganzen nun doch etwas Gutes abzuge-
winnen.

„Was dann heißt, es kann sich wieder niemand leisten zu
fehlen." Carola feixte. „Das hast du sauber hinbekommen,
Chris."

„Ich weiß von mindestens einer Ersatztänzerin, die gerne
einen festen Platz im Square hätte."

Alle lachten, den Blick auf Madeline: Sie musste seit eini-
gen Monaten während des Trainings oft danebenstehen, weil
Bettina, Hinnerks eigentliche Partnerin, seit dem Ende ihres
Mutterschutzes wieder tanzte. Zum Ausgleich überließen
Tanja und Carola ihr abwechselnd ihre Partner; aber das war
natürlich keine Lösung.

Grinsend legte Chris den Arm um Madeline. „Ich werde
dir bis zum Dreh wieder Nachhilfe geben."

3

Zwei Wochen vor Drehbeginn teilte Kincaid Chris mit, dass sie nun die Komparsen für den Square Dance engagiert hatten. Daraufhin verlegte Chris das dienstägliche Training nach Babelsberg, um die beiden fremden Paare in die Gruppe zu integrieren.

Micky holte Tanja im Institut für Architektur am Ernst-Reuter-Platz ab. Sie hatte irgendetwas mit ihren Haaren gemacht und ihr Gesicht war von Löckchen umrahmt. Der Rock, der kurz über den Knien endete, war üppig genug, um das Square Dance-Kostüm ersetzen, falls sie an diesem Nachmittag keine Gelegenheit zum Umziehen fänden.

Seine Knie wurden weich, als sie ihn ganz unerwartet stürmisch begrüßte. Er senkte sein Gesicht in ihre Haare und wollte seine Arme um ihre Taille legen, aber sie griff nach seiner Hand. „Komm!" Sie zog ihn quer durchs Foyer zu einem Schaukasten. „Das hab ich entworfen!", sagte sie voller Stolz. „Gefällt es dir?"

Wenn er nur wüsste, was das sein sollte! Ein hoher Turm, der eine gewisse Ähnlichkeit mit einem Pilz hatte, nur dass der gläserne „Kopf" aus vier Teilen bestand, die lediglich am Stamm miteinander verbunden waren. Sehr merkwürdig. „Sehr einfallsreich." Er lächelte zaghaft. „Bestimmt fühlt man sich da oben, als säße man im Freien."

„Genau! So soll es sein." Tanja strahlte noch mehr als zuvor, offensichtlich beglückt von seiner Antwort.

„Und was ist das?"

Sie runzelte die Stirn. „Wie – was? Ein Wolkenkratzer natürlich.“

Natürlich. „Wird das gebaut?“

„Dummkopf! Das ist eine Seminararbeit. Zuweilen werden nicht einmal Arbeiten gebaut, die einen Wettbewerb gewonnen haben.“ Abrupt wandte sie sich ab; hatte er schon wieder etwas Falsches gesagt? Aber sie deutete bloß zur Uhr, die unter der Decke hing. „Auf ins … Gefecht.“

Axel und die anderen Tänzer trafen sie vor dem Eingang zum Studio-Gelände in Babelsberg. Chris hatte von Kincaid außer der Adresse des Studios einen kleinen Lageplan erhalten. Nicht ersichtlich war daraus, dass es Ewigkeiten dauerte, um zu Fuß von einem Ende des Geländes zum anderen zu kommen. Weswegen alle Welt fuhr, während sie ihre Autos am Eingang abgestellt hatten. Eigentlich hätten sie es sich denken können.

„Das ist ja großartig hier!“ Tanja hatte einen ehrfürchtigen Ausdruck auf ihrem Gesicht, während sie sich aufmerksam umschaute. „Diese Kulissen – irgendwer muss die doch entwerfen. Ob ich wohl meinem Prof vorschlagen könnte, mal eine Filmstadt zu bauen?“

Axel grinste. „Du könntest einem Elefanten das Fliegen einreden … Da sollte das auch kein Problem sein.“

„Doch. Es gibt ein Weiterbildungsstudium für ‚Bühnenbild – Szenischer Raum‘. Dahin könnte er die Idee abschieben. Dabei ist das bloß für Theater und Ausstellungen, nicht für Filmkulissen.“ Tanja mit Selbstzweifeln – das war etwas ganz Neues. Hatte sie deshalb nach seiner Meinung zu ihrem Entwurf gefragt? Und er hatte so wenig Begeisterung gezeigt; sie war bestimmt enttäuscht von ihm.

Nach zehn Minuten erreichten sie eine Gasse mit zweigeschossigen Holzfassaden: die Westernstadt. „Wenn wir so ein Projekt im Entwurfs-Seminar hätten, würde es vielleicht sogar gebaut. Das wäre mal was Handfestes.“

Micky hakte sie unter. „Aber nicht sonderlich dauerhaft.“ Hm; das klang falsch. Hoffentlich dachte sie jetzt nicht, er wolle es ihr ausreden. „So wie wir mit unseren Cyber-Welten. Nur virtuell für die Ewigkeit.“ Das war vermutlich auch nicht besser; er sagte lieber nichts mehr.

Die Straße vor ihnen schien aus gestampftem Sandboden zu bestehen, aber bestimmt gab es eine richtige Asphalt-Straße darunter. Die oberste Sandschicht wurde von Windböen aufgewirbelt. Irgendwo waren Gebläse eingebaut, die bei Bedarf vermutlich sogar einen Sturm erzeugten.

Zwei Frauen mit ausladenden Federhüten radelten an ihnen vorbei. Vor dem Saloon parkte ein Lieferwagen und zwei Männer schleppten Kisten mit Getränken hinein. An der Rückseite des Gebäudes gab es einen Pferch mit vier wunderschönen, relativ kleinen Pferden.

Kincaids Büro war am „Ortsausgang“ der Westernstadt. Eine schnippische Disponentin hinter einem Computer wies Chris kurz angebunden ins Studiogebäude gegenüber, das für „Los Alamos“ angemietet worden war.

„Freundliche Leute hier.“ Tanja sprach so laut, dass die Disponentin sie hören musste. Das Mädchen lief rot an. Wenn Tanja von ihren Fernsehaufnahmen erzählte, klang es immer, als seien die Leute wie eine große Familie. Anscheinend gehörten auf diesem Set nicht alle dazu. Aber die Disponentin wusste nun, dass sie Respekt erwarteten.

Micky feixte noch immer, als er Tanja die schwere Studiotür öffnete. Gleißendes Scheinwerferlicht blendete ihn nach ein paar Schritten. Sie standen vor einer Art Wohnraum mit einem großen offenen Kamin, in dem ein Feuer brannte. Es war trotzdem kühler als draußen; die Klimaanlage kompensierte selbst die Hitze der Scheinwerfer. Keine der Kameras lief; sie probten wohl gerade erst.

Der Mann im eleganten schwarzen Anzug war Manolo Rioja, der Hauptdarsteller. Er stand mit einem halb gefüllten Whisky-Glas in der Hand am Kamin und starrte zornig auf einen Mann in abgewetzten, verschmutzten Cowboy-Klamotten. Ein beeindruckender Kontrast, der sogleich das Verhältnis zwischen den beiden Männern klar machte. Rioja sprach spanisch, der andere englisch. Interessant. Anscheinend hatte jeder ein Drehbuch in seiner eigenen Sprache – was für ein Aufwand.

Chris hatte Kincaid gefunden und lotste sie nun an der Szene vorbei durch einen schmalen Gang in einen anderen Studioraum. In der Mitte stand ein großes Podest aus Holz; ansonsten war der Raum leer bis auf einen Tisch, auf dem eine kleine Musikanlage stand.

Kincaid stellte ihnen einen grauhaarigen Mann als *Assistent Director* vor; Regieassistent also. Jack Harten würde für alles sorgen, was sie brauchten. Dann verschwand Kincaid.

An der Wand lehnten eine ältere Frau und ein junger Mann und unterhielten sich leise. Harten wollte die Proben ohne das fehlende zweite Paar beginnen und winkte sie herbei: „Emily" – Beate Schäfer – und „Terence" – Franz Daubert – würden von einer der Ranches nach Los Alamos zum Fest kommen.

Chris stellte zwei Squares auf, um den beiden Komparsen die Calls vorzuführen, mit denen der Tanz beginnen würde. Axel ließ er gleich mittanzen, weil Tanja ihm zu Hause schon die vorgesehenen Figuren gezeigt hatte. Ausnahmsweise gab es nämlich eine festgeschriebene Reihenfolge. *„Bow to your partners ... and promenade ... circle to the right ..."* Chris sang die Calls nicht wie sonst; es war irritierend.

Danach bat Chris die beiden Komparsen, Lydia und Norbert zu ersetzen. Der Anfang war einfach genug; nach der zweiten Wiederholung war er zufrieden und ging zu den nächsten Calls über. Wieder ließ er die Figuren erst vorführen, dann ersetzten die Komparsen Tanja und Hinnerk.

Enttäuscht lehnte Tanja sich neben Chris an die Wand. Wie langweilig sich das hier anließ. Ein gutes Werk für die Finanzen des Vereins eben. Es war naiv gewesen zu denken, sie würde die Gelegenheit haben, Manolo Rioja kennenzulernen.

„Du bist eine hervorragende Lehrerin, Tanja. – *Double pass thru.*“ Chris deutete auf Axel, während die Tänzer im Kreis aneinander vorbeigingen. „Kannst du ihn nicht überzeugen, bei uns einzusteigen? – *First couple go left. Next couple go left.*“

„Eher hört er auch im Tanzkreis auf. Seine Band ist ihm grad wichtiger.“

„ ... *and promenade ...*“ Arm in Arm liefen die Paare den Kreis. Diese Beate lehnte sich ja regelrecht an Mickys Schulter ... Wenn sie nicht so viel älter als er wäre, würde sie die Frau verdächtigen, ihn abschleppen zu wollen. Oder wollte sie das tatsächlich?

Dann schickte Chris sie und Hinnerk wieder zurück in ihre Squares und ließ Madeline und Simon Hülter aussetzen.

Als sie mit dem vierten Teil der Calls begannen, kam Rioja herein, gefolgt von einem Mädchen im Teenager-Alter. Tanja veratmete sich vor Aufregung und begann zu husten.

Rioja sah noch weit attraktiver aus als in den Filmen; sie hätte es eher umgekehrt erwartet. Die silbernen Fäden in seinen schwarzen Haaren und die angegrauten Schläfen waren für die Rolle gefärbt, um ihn wie Ende fünfzig aussehen zu lassen. Dennoch war er der bestaussehende Mann, der ihr je über den Weg gelaufen war. Und nun hatte sie ihn in der Wirklichkeit vor sich.

„Beeindruckend.“ Sie starrte Rioja an und verpasste prompt den Einsatz für den nächsten Schritt. Micky musste sie mit einem nachdrücklichen Schubs in Bewegung setzen. Irritiert behielt er seine Hand länger auf ihrer Hüfte als nötig und war dann selber einen halben Takt zu spät.

Rioja beobachtete den Tanz. Schaute er sie öfter an als die anderen? Sie blickte immer wieder zu ihm hin, aber sie konnte es nicht herausfinden.

Kurz darauf war sie wieder nicht synchron mit den Bewegungen der anderen und kam zu spät in die Mitte des Squares.

„Wo hast du deine Augen?", wisperte Micky in ihr Ohr, als sie wieder neben ihm stand. „Konzentrier dich bitte."

Sie nickte und wandte ihren Blick von Rioja ab. Hoffentlich waren ihm ihre Patzer nicht aufgefallen. Wie peinlich wäre das denn!

In der nächsten Tanzpause ging Rioja auf Chris zu. „*I'm supposed to dance with you. Instruct me, please.*" So, er und das Mädchen waren also das fehlende Paar für den dritten Square.

Das war die Chance ihres Lebens! Wenn sie jetzt schnell genug wäre, um vollendete Tatsachen zu schaffen ... Sie gab Micky einen Stoß. „Auf! Du bist unser bester Verleihpartner. Kümmere dich um die Kleine."

Micky verdrehte die Augen. „Das Verleihen wird dir zur Gewohnheit. Was soll mir das sagen?"

Sie grinste ihn an. „Dass ich großzügig bin? Eifersucht für mich ein Fremdwort ist?"

Er lachte auf. „Als ob das Mädchen auch nur annähernd an dich herankäme." Unvermittelt wurde er rot und wandte sich schnell Chris zu. „Sag an!"

Chris ließ ihn auf seinem Platz bleiben und schickte das Mädchen zu ihm. Tanja wechselte zu Axel in den Square, in dem Rioja tanzen sollte. Besser konnte es fast nicht laufen. Sie unterdrückte nur mit Mühe das Grinsen, das sich auf ihrem Gesicht breit machen wollte.

Rioja stand kurz darauf neben ihr im Kreis und fasste beim

„*Circle left*" nach ihrer Hand. Seine Finger waren rau, als arbeite er regelmäßig mit den Händen. Wie kam jemand wie er zu Schwielen? Sie musterte ihn eingehender. Seine schwarzen Haare waren mit einem Mittelscheitel frisiert, was ihm ein sehr altmodisches Aussehen gab. Der dunkle Bartschatten war gewiss echt; aber hatte er in letzter Zeit auch einen Schnurrbart getragen oder war der angeklebt? Es war schon eine Weile her, dass sie ein Interview mit ihm gesehen hatte. In Deutschland war er wenig bekannt; es gab ja kaum noch Western im Kino.

Beate, Franz und das junge Mädchen, das Ana hieß und aus Madrid kam, ließen sich nach dem Ende der angesetzten Probenzeit einzelne Schritte noch einmal zeigen. Aber Rioja ging, bevor Tanja auch nur ein Wort an ihn richten konnte. Warum hatte er es so eilig? Er war doch der Star; bestimmt konnte er sich die Proben einteilen, wie er es für richtig hielt.

Micky fasste sie an der Schulter und riss sie damit aus ihren Gedanken. „Lass uns gehen."

Chris schwenkte auffordernd seinen Autoschlüssel, die andere Hand um Madelines Taille. „Für heute sind wir fertig hier. Wir sehen uns am Freitag im Verein."

„Geht nur; ich will mir das hier noch ein bisschen anschauen." Und Micky wollte sie nicht dabeihaben. „Carola, was ist mit dir?"

Natürlich ließ Carola sie nicht im Stich; sie war schließlich ihre beste Freundin. Aber der Rundgang war langweilig. Ein Studio-Gebäude neben dem anderen; die interessierten Tanja nicht. Weitere Kulissen, die sie an die Arena von Verona erinnerten, wo die Bühnenbilder auch draußen herumstanden, wenn sie nicht gebraucht wurden. Von Rioja keine Spur. Schließlich gab sie auf und sie gingen in Richtung Ausgang.

Carola blieb abrupt stehen. „Guck mal da. Eine Schlange wie vorm Arbeitsamt."

„Es ist ja auch eines; gewissermaßen." „Besetzungsbüro"
stand über der Eingangstür.

Sie schlenderten weiter. Carola zeigte auf das riesige Plakat, das am nächsten Studiogebäude hing. „Beeindruckend!"
Es hatte mehr den Charakter eines Gemäldes als eines Filmplakats und zeigte eine Schlacht aus einer Zeit, als es noch
Kavallerie gab. Eine dieser Massenszenen.

Massenszenen! Das war genial! Tanja blieb stehen. „Komm;
ich habe eine Idee!" Sie packte Carola am Arm und versuchte,
sie zurück zum Besetzungsbüro zu ziehen.

Carola stemmte sich gegen den Druck ihrer Hand. „Was
hast du vor?"

„Ich will etwas herausfinden."

Carola schob ihre Hand beiseite. „Wenn du so geheimnisvoll tust, komme ich nicht mit."

„Vielleicht brauchen sie noch mehr Komparsen für ‚Los
Alamos‘." Bestimmt fände sie dann eine bessere Gelegenheit,
Rioja kennenzulernen als beim Square Dance.

„Tänzer haben wir doch genug."

„Nicht als Tänzerinnen. Volk. Barmädchen. Was weiß ich."

Carola starrte sie noch einen Moment lang an; dann dämmerte es ihr. Endlich! „Du willst dich bewerben?"

„Wir!" Sie zog Carola wieder am Arm. „Mit einem Komparsenauftritt könntest du ganz wunderbar deine Finanzen
aufbessern. Es ist doch sowieso unlogisch, wenn niemand von
den Square Dancern auch bei anderen Gelegenheiten durchs
Bild läuft. Die tanzen auf einem Fest oder so; also müssen das
die Leute sein, die in Los Alamos leben."

„Womöglich hast du recht. Aber wir sollten nicht über
dieses Besetzungsbüro gehen, sondern mit Kincaid oder Harten reden."

„Du bist eine wirkliche Freundin, Carola." Entzückt fiel
sie ihr um den Hals. „Du hast recht; dann ist die Chance grö-

ßer, dass sie uns nehmen. Schließlich haben die im Arbeitsamt nie eine Ahnung von was."

„Es gibt nur ein Problem: ‚Wir', das geht nicht. Ich kann meine Lehrstelle nicht aufs Spiel setzen."

„Aber du kannst das Geld gebrauchen!" Sie sah sie flehend an. „Und die Lehre macht dir doch sowieso keinen Spaß."

„Die Arbeit aber schon." Sie griff nach Tanjas Haaren und zog eine Strähne aus der Frisur. „Würdest du ohne mich so chic aussehen auf dem Kopf? – Nur der Lohn." Carola seufzte. „Und die Kundinnen." Sie presste die Lippen zusammen. Aber sie kam trotzdem mit.

Im Studio zurück fanden sie Kincaid. Wieder einmal amüsiert über Tanjas Enthusiasmus stimmte er zu. Er begriff auch, dass Carola Bedenken wegen ihrer Lehrstelle hatte, eigentlich aber gerne mitspielen würde. Auch dafür fand er eine Lösung: Immerhin hatte Carola regelmäßig an einem Tag unter der Woche frei.

Tanja prahlte ungeniert mit ihrer dürftigen Fernseherfahrung und bekam einen Einzelauftritt: In der Rolle einer jungen Farmerstochter sollte Tanja in Los Alamos Einkäufe tätigen. Später, beim Angriff auf das Fest, würde sie einem Indianerpfeil zum Opfer fallen. Leider sollte sie nicht in Riojas Armen sterben; aber dazu würde ihr schon noch etwas einfallen.

Carola bekam einen Auftritt in der Bar, wo wegen eines Unfalls ein Mädchen abhanden gekommen war.

4

Heiß und eng: Drei Stunden vor dem angesetzten Drehbeginn betrat Tanja die Garderobe für die Komparsinnen, Carola eingeschüchtert hinter sich. Die Luft war stickig; es gab kein Fenster und die Klimaanlage schien an diesem extrem heißen Tag überfordert.

Zwei Frauen halfen anderen, Korsetts zu verschnüren und Kleider überzustreifen. Drei weitere saßen vor großen Spiegeln. Eine entfernte gerade ihr Make-up; die beiden anderen wurden geschminkt, während gleichzeitig zwei Friseurinnen ihnen die Haare hochsteckten und Locken drehten.

Keine sah aus, als ob es ihre Aufgabe wäre, hier etwas zu organisieren.

„Macht Platz bitte!" Eine junge Frau rollte einen Ständer voller Kleider durch die Tür.

Tanja wich einen Schritt zur Seite und stieß gegen einen Stuhl. „Sagen Sie ..." Sie fasste die Frau am Arm. „Wir sind neu; wer ist hier zuständig?"

Die Frau ließ ihren Kleiderständer los. „Wer seid ihr?"

„Ich bin Tanja Walters und ..."

Die Frau unterbrach sie mit einem Schnauben. „Wer ihr seid! Nicht, wie ihr heißt."

„Ach so, ja." Wie konnte sie nur so gedankenlos sein; ihr Gesicht begann vor Verlegenheit zu glühen. „Ich bin die Farmerstochter Susan Miller und Carola ... ist das Barmädchen Daisy."

Die Frau drehte sich zu Carola um und musterte sie von

oben bis unten. „Größe 40?" Carola machte ein Gesicht, als hätte man sie geschlagen. Bestimmt ärgerte sie sich, dass sie ihre Diät wieder nicht durchgehalten hatte. „Dort hängen die Kleider für die Mädchen. Da müsste eines sein, was dir passt."

Carola ging zu den Bügeln an der Wand und begann, die Kleider zu sichten.

„Und du, Tanja, – du bist Susan? Dein Kostüm hole ich aus dem Fundus. Zieh dich inzwischen aus." Bevor sie ging, wandte sie sich an eine der Friseurinnen und erklärte ihr, was sie mit Tanja und Carola machen sollte.

Während Carola geschminkt wurde, schien sie sich mehr für die Frau zu interessieren, die Tanja frisierte, als für ihr eigenes Make-up: Aufmerksam beobachtete sie jeden Handgriff, mit dem die Friseurin Tanjas nur halblangem Haar den Eindruck von mehr Üppigkeit und Länge gab. Bestimmt traute Carola sich wieder nicht, den Mund aufzumachen, obwohl Tanja ihr ermutigend zunickte.

Darum begann sie selber, die Friseurin auszufragen: Sie erfuhren, dass sie in Babelsberg fest angestellt und für die Komparsen zuständig war. Die Stars brachten oft ihr eigenes Personal mit, denn deren Aussehen und Ausstattung wurde natürlich viel mehr Aufmerksamkeit gewidmet.

Eine Stunde später waren sie frisiert und geschminkt und steckten in ihren Kostümen. Über drei Unterröcken trug Carola ein meerblaues Kleid mit tiefem Dekolleté und vielen Rüschen. Carola hatte beim ersten Blick auf das Kleid hemmungslos geflucht, aber erstaunlicherweise ließ es sie nicht dick, sondern weiblicher aussehen. Tanja wirkte dagegen ärmlich in ihrem einfachen grauen Leinenkleid; doch der Hut war hübsch, den sie tragen musste.

Tanjas Szene sah vor, dass „Susan" im Store die Einkaufsliste abgab und dann ihren Cowboy reinholen wollte, damit er auflud. Sie würde ihn im Saloon finden, was sie erwartet hatte.

Aber nicht, dass er gerade im Begriff stand, mit einer Tänzerin aufs Zimmer zu gehen. Der folgende Krach mit dem Cowboy mündete dann in eine allgemeine Schlägerei.

Carola setzte sich auf die Bank vor dem Sheriffbüro, während die Außenaufnahme für die Sequenz mit Tanja geprobt wurde. Vor dem Store stand „Susans" Fuhrwerk mit dem Pferd. Das war offensichtlich auch nur zur Aushilfe da, denn es reagierte zunehmend unruhig auf den Drehbetrieb.

Tanjas Aufgabe für den Anfang der Szene war ganz einfach: Sie hatte – unsichtbar für die Kamera – von innen die Ladentür zu öffnen. Dann würde sie kurz auf dem Sidewalk stehen bleiben, sich nach dem Cowboy umsehen, mit gerafften Röcken die Stufen hinunter weiter nach ihm Ausschau halten und anschließend quer über die Straße zum Saloon gehen.

Tanja ging in den Store. Im echten Los Alamos war es gewiss auch nicht heißer als hier in Babelsberg. Hätte sie keine Handschuhe getragen, wären ihre schweißnassen Finger vermutlich an dem schwergängigen Türknopf abgerutscht. Mussten sie das Setting so echt gestalten, dass sie auch innen auf Klinken verzichteten? Mit einiger Mühe öffnete sie die Tür.

In dem Augenblick, als „Susan" den Store verließ, kam Manolo Rioja aus dem Disponentenbüro. „Susan" blieb abrupt stehen und starrte ihm mit offenem Mund entgegen. Sah er sie?

„Was ist los, Mädel?", rief Jack Harten ungeduldig.

„Susan" schaute zu ihm, dann landete ihr Blick wieder auf Rioja. Sie klappte ihren Mund zu und ging wie vorgesehen die zwei Stufen zur Straße hinunter. Dabei sollte sie sich nach ihrem Cowboy umsehen, aber ihr Blick hing an Rioja fest.

„Halt! Das Ganze noch mal!" Jack fuchtelte mit beiden Händen und wies sie in den Store zurück.

Seufzend drehte sie sich um und ging hinein.

„Susan" verließ den Store wieder. Rioja war verschwunden. Sie ging die Stufen hinunter und sah sich nach ihm um. Wo mochte er hingegangen sein? In die Kantine vielleicht? Frustriert runzelte sie die Stirn.

„Sehr schön, Mädel! Das ist genau der richtige Ausdruck in deinem Gesicht. – Geh weiter!"

Irritiert blinzelte sie Jack an. Dann begriff sie, was sie tun sollte.

„Susan" hieb die linke Faust in ihre rechte Handfläche; dann raffte sie ihre Röcke und stiefelte in Richtung Saloon.

„Bis hierher. – Kamera!" Jack grinste „Susan" an. „Vergiss nur dein Gesicht nicht!"

Carola gegenüber auf der Bank kicherte hinter vorgehaltener Hand. Manchmal könnte sie sie erwürgen.

Trotzdem sie im Freien drehten, wurden Scheinwerfer zugeschaltet, um die richtige Ausleuchtung sicherzustellen. Der Kameramann brachte sich in Position; Helen, die Skript Supervisorin, trat mit der Filmklappe vor.

„Susan" kehrte in den Store zurück.

„Susan" ging wieder hinaus und blickte sich suchend um. Dann machte sie die vorgesehenen Schritte die Stufen hinunter und sah sich weiter um. Immer noch keine Spur von Rioja. Ihre Schultern sackten herab.

Gegenüber fuchtelte Carola wild mit den Armen und schnitt Grimassen. Was hatte sie denn?

Jack ließ die Kamera stoppen. „Na schön, noch mal."

„Susan" stand da wie ein begossener Pudel.

Er kam zu ihr und klopfte ihr auf die Schulter. „Kein Problem, Mädel. Du bist noch ganz neu, nicht wahr? Wie heißt du eigentlich?"

„Susan ... äh, Tanja ..." Sie war komplett verwirrt.

„Also, Tanja. Stell dir vor, dein Freund hat dich versetzt. Die U-Bahn streikt und du musst nun nach Hause laufen. Wie wäre dir dann zumute?"

Sie kniff die Augen zu Schlitzen zusammen. „Na, dem würde ich was erzählen!" Sie stemmte die Fäuste in die Hüften. „Ihm seinen Laufpass geben." Gar nicht wahr: Micky könnte sie alles verzeihen – nur würde sie nie in die Lage kommen.

„Genau! Und mit dem Gedanken gehst du in den Saloon – um Gary zu kündigen."

Erleichtert lachte sie auf. „Ich werde mir ein paar mörderische Gedanken machen."

Es dauerte trotzdem noch eine Weile, aber schließlich war die Szene im Kasten. Als nächstes war die Schlägerei im Saloon vorgesehen. Es würde eine halbe Stunde dauern, bis der Schauplatz ausgeleuchtet war. Dort hatte auch Carola ihren ersten Auftritt; ob sie danach immer noch so feixen würde?

Tanja zog ihre klammen Handschuhe aus. „Ich brauche jetzt einen Kaffee! Wenn wir uns beeilen, schaffen wir es hin und zurück."

Carola deutete auf zwei Männer, die gemächlich an ihnen vorbeiradelten. „Das nächste Mal nehme ich meinen Drahtesel mit."

„Gute Idee; wir fahren mit der S-Bahn. Von Griebnitzsee ist es nicht mehr weit bis hier."

Eine ganze Ecke entfernt von der Westernstadt fanden sie eine Cafeteria mit Selbstbedienung.

Als Tanja die Tür öffnete, schnappte sie überrascht nach Luft und musste sich extra daran erinnern, den Mund wieder zuzumachen. Am Fenster, im hintersten Winkel, saß Manolo Rioja und studierte sein Handy.

Nervös blickte sie auf die Uhr über der Theke. Sie hatten fast zehn Minuten für den Weg gebraucht und am Kaffeeautomaten stand eine Schlange von fünf Leuten.

Carola ging an den Wartenden vorbei direkt zum Automaten. „Wir müssen gleich wieder auf dem Set sein. Ob sie uns wohl das Warten ersparen könnten?" Sie setzte ihr bestes

Lächeln auf und flatterte mit den Wimpern, als sie den Mann ansah, der als nächster an der Reihe war. Was das Flirten anbetraf, war sie eine großartige Schauspielerin. So gesehen, würde sie vermutlich keine Schwierigkeiten mit ihrer Rolle als „Daisy" haben.

Der Mann hob die Schultern. „Naja ..." Er drehte sich zu den anderen um. „Wenn ihr nichts dagegen habt, lassen wir die beiden an ihren Kaffee."

„Danke sehr." Carola lüpfte ihren Rock so hoch, dass die Fußgelenke zu sehen waren; dann knickste sie ganz der Zeit gemäß. „Ja, im Wilden Westen wussten die Männer, wie man eine Lady behandelt." Sie schenkte auch dem nächsten einen koketten Augenaufschlag.

Der junge Mann lachte auf. „Wir können das immer noch. Gib mir die Gelegenheit und ich beweise es dir."

Während Carola ihren Flirt fortsetzte, stellte Tanja sich an den Automaten und ließ ihn zwei große Cappuccini produzieren. Sie reichte Carola eine Tasse, sah sich um, als suche sie einen Platz, und ging dann schnurstracks auf den Tisch zu, an dem Rioja saß.

Sie stellte ihre Tasse ab und streckte ihm ihre Hand entgegen. „Ich habe morgen eine Szene mit Ihnen", sagte sie auf Englisch. „Ich heiße Tanja – im wirklichen Leben." Sie lächelte ihn an.

Er nickte. „Ich erinnere mich an Sie; wir haben zusammen getanzt."

Ohne zu fragen, setzte sie sich ihm gegenüber. „Ich habe alle Ihre Filme gesehen, Señor Rioja. Auch die, die Sie fürs spanische Fernsehen gedreht haben."

„Dann darf ich Sie wohl als meinen Fan betrachten." Er lehnte sich zum Nachbartisch und nahm eine Papierserviette aus dem Ständer dort. Dann holte er einen Kugelschreiber aus seiner Handytasche. „Wie heißt du mit Nachnamen?"

Sie starrte ihn schon wieder an und konnte nur mit Mühe ihren Mund schließen. Was mochte er von ihr denken? Er musste sie für einen unreifen Teenager halten, wenn sie sich weiter so dümmlich verhielt.

„Walters", sagte Carola in ihrem Rücken. „Tanja Walters."

Manolo sah zu ihr hoch. „Danke. Bist du auch mein Fan?"

Carola räusperte sich und machte ein betretenes Gesicht.

Er grinste. „Kann ich verstehen. Ich finde mich auch ziemlich ... *loco*."

Carola lachte auf, ging um den Tisch herum und setzte sich neben ihn. Als sie nach den Zuckertütchen mitten auf dem Tisch griff, streifte ihre Hand Manolos Arm – was sollte das denn? Aber er faltete ungerührt die Serviette einmal auseinander und begann zu schreiben.

Zwischendurch blickte er auf und sah Tanja an. Ihr wurde ganz heiß. Was für Augen hatte dieser Mann! Ein Abgrund, in dem sie sich verlieren könnte.

„Aufregend." Sie hatte geflüstert, mehr laut gedacht als etwas sagen zu wollen. Aber Carola hob die Augenbrauen und machte ein besorgtes Gesicht.

Manolo beendete sein Werk mit einer schwungvollen Unterschrift und schob die Serviette über den Tisch zu ihr. „Tanja?"

Sie stotterte ein paar Dankesworte, bevor sie danach griff. Mit jedem Wort, das sie las, wurde ihr heißer. Mit rauer Stimme bedankte sie sich noch einmal.

Carolas Augenbrauen rückten immer höher und sie nahm Tanja die Serviette weg, um den Text ebenfalls zu lesen. „Ich könnte Ihnen für Ihre deutschen Fans ein oder zwei Muster verfassen." Bedächtig suchte sie ihr Englisch zusammen. „Nicht alle sind fit in Englisch." Verflixt, darauf hätte sie selber kommen können!

Er blickte Carola einen Augenblick an, als müsse er die Bedeutung ihrer Worte erst enträtseln; dann schüttelte er den Kopf. „Ich habe einen Deutschlehrer für die Zeit, die ich hier drehe. Der macht das."

Wegen vier Wochen machte er sich die Mühe, deutsch zu lernen? Tanja war tief beeindruckt. „Was du anfängst, machst du gründlich, scheint mir."

Er nickte. „Das Geheimnis, um Erfolg zu haben."

Carola schmunzelte. „Das erklärt vieles."

Manolo blickte sie höchst interessiert an. Tanja trat Carola unterm Tisch gegen das Schienbein. Wieso musste sie dermaßen seine Aufmerksamkeit auf sich ziehen? Sie nahm ihm ja jede Gelegenheit, sie kennenzulernen.

Carola trank ihren Cappuccino aus. „Wir haben uns als Komparsinnen engagieren lassen. Unsere Pause ist zu Ende." Sie stand auf und Tanja blieb nicht anderes übrig als ihr zu folgen.

Als sie sich an der Tür umdrehte, kreuzte ihr Blick den von Manolo. Dass er ihr hinterhersah – interessant. Sie hatte vielleicht doch genügend Eindruck hinterlassen – und hoffentlich einen guten.

Carola stieß sie in die Seite. „He, verguck dich nicht! Er ist vier Wochen hier. Dann siehst du ihn nie wieder."

Tanja rümpfte die Nase. „Wer weiß das schon. Denkst du, ich hätte mir vorstellen können, ihn nicht nur live zu sehen, sondern auch noch richtig kennenzulernen?" Sie breitete die Arme aus und drehte sich einmal im Kreis. „Alles ist möglich!"

Carola schnaubte empört. „Er ist ein Filmstar!"

„Na und? Vier Wochen sind auch Zeit."

„Und dann?"

Sie schmunzelte. „Dann habe ich etwas, woran ich mich erinnern kann. Oder meinen Enkeln erzählen."

Carola schnaubte schon wieder. „Du spinnst. *Loco* oder wie das heißt."

„Lass mir doch den Spaß." Sie hakte sich bei ihr ein. Jetzt wurde es wirklich Zeit, zum Dreh zurückzugehen.

„Und Micky?"

„Micky?" Für einen Augenblick wusste sie keine Antwort darauf. „Mit Micky hat das nichts zu tun. Und es geht ihn auch nichts an."

Carola sah noch mehr als zuvor so aus, als hielte sie sie für plemplem.

5

Wegen der berufstätigen Square Dancer war der erste Drehtag für einen Samstag angesetzt. Tanja und Axel fuhren dieses Mal mit S-Bahn und Fahrrad. Das Wetter war viel zu schön, um sich als Teil der wochenendlichen Blechlawine die Avus hinunterzuquälen. Das hatte sie auch Micky gesagt, als er ihr angeboten hatte, Axel und sie abzuholen. Aber vor allem wollte sie kommen und gehen können, wie es ihr passte.

Der Auftritt der Square Dancer gehörte zu einer langen und höchst dramatischen Sequenz: Ein Fest in Los Alamos, dem Krieg mit den Mexikanern zum Trotz. Während in der Ferne die Kanonen der Schlacht grollen, untermalt von Fiddle und Konzertina, schleichen sich die mit den Mexikanern verbündeten Indianer an und überfallen die Stadt. Das Fest endet in Blut und Feuer. Von den Square Dancern des Tanzclubs Lietzensee waren Lydia, Norbert, Chris und Tanja als Leichen vorgesehen.

Die schönen Petticoats, in denen sie gewöhnlich auftraten, waren natürlich nicht zeitgemäß. Darum hatten sie zur Dienstags-Probe die Square Dance-Kostüme mit den langen Röcken mitgebracht; aber auch die waren komplett von der Ausstatterin abgelehnt worden. Selbst die Kleidung der Männer hatte sie nicht stilecht gefunden: zu modern geschnitten. Die Kostüme, die sie den Tänzerinnen an diesem Morgen stattdessen brachte, waren weniger farbenfroh und bestanden aus relativ grobem Leinenstoff und Baumwolle. Wenigstens hatten die Blusen ein paar Spitzen. Es war kaum zu glauben, dass sich die Frauen in Los Alamos nicht hübscher anzogen zu einem Fest.

„Da behaupten wir, wir würden die Traditionen pflegen, und dann so was!" Carola beäugte im Spiegel, wie die Friseurin ihre Haare kunstvoll aufsteckte und dann einzelne Strähnen herauszog und lockte. „Das scheint mir aber auch nicht stilecht zu sein. Bestimmt nahm sich im Wilden Westen keine Frau die Zeit für solchen Aufwand. Allein, bis die Brennscheren heiß waren! Ein Knoten und fertig."

Die Friseurin lachte. „Kleider kosteten Geld, was die Frauen oft nicht hatten. Die langen Haare dagegen ..."

„Oder ein paar bunte Bänder." Tanja nahm ein blaues Samtband von ihrem Frisiertisch und hielt es Carola vor die Nase. „Wie versteckt ihr Madelines rote Strähne? Übersprühen?"

Madeline schwenkte einen Quäkerhut, wie ihn Grace Kelly in „Zwölf Uhr mittags" getragen hatte. „Der darf mir nicht vom Kopf fallen." Aber da bestand wohl keine Gefahr: Der Hut hatte breite Bänder, mit denen er neben dem Kinn festgebunden wurde.

Als Tanja dann mit Carola und Madeline nach draußen kam, schritt Manolo mit Chris die Szene ab. Auf dem Sidewalk daneben saß der Fiddler und schrieb mit einem Bleistift in seiner Partitur herum.

Manolo war im Stil eines reichen mexikanischen Hacienderos gekleidet: schwarzer Anzug, Fliege mit lang herabhängenden Enden und ein weißes Rüschenhemd. Keine Waffe. Als Spanier war er auch äußerlich perfekt für seine Rolle: Der Haciendero steht in diesem Krieg zwischen den Fronten und hält sich lange raus. Aber der Überfall auf Los Alamos würde ihm bewusst machen, dass er sich entscheiden muss.

Jack erteilte einer jungen Frau Anweisungen, die mit Kreide Markierungen für die Stellprobe anbrachte. Sein Lächeln wurde breiter, als sein Blick auf Tanja fiel. „Die Frisur ist doch bestimmt wieder Carolas Werk."

Carola blickte zu Boden und verknotete ihre Finger.

Tanja grinste. „Sie frisiert schon immer unsere ganze Gruppe."

Er wies zur Straßenmitte. „Chris weiß, wo ihr euch aufstellen sollt, bevor der Tanz beginnt." Dann ging er zur Pastorsfrau von Los Alamos.

Madelines Augen leuchteten auf, wie immer, wenn Chris von jemandem auch nur erwähnt wurde. Sie ging zum Tanzboden.

Carola hielt Tanja fest, als sie ihr folgen wollte. „Du machst mich bestimmt nicht beliebt, wenn du allen sagst, dass ich euch frisiere."

„Du meinst, ich würde die Friseurinnen damit kränken?" Sie zuckte die Achseln. „Wenn du es doch ebenso gut kannst! Die Armen haben so viel zu tun; sie können froh sein, dass du ihnen einen Teil der Arbeit abnimmst." Und Carola sollte sich freuen, dass sie sie ins rechte Licht rückte. Hatte sie noch nicht gemerkt, welche Chance sich ihr hier bot? Sie war einfach zu schüchtern; warum nur? Sie war doch gut!

Chris streckte Madeline einen Arm entgegen und zog sie an sich. Gleich darauf küsste er sie, als hätten sie sich eine Woche lang nicht gesehen.

Chris beschäftigt; das war die Gelegenheit! Tanja hakte sich bei Manolo ein. *„Chris is supposed to explain, what we have to do. But now he's busy ..."* Sie ließ ein schelmisches Grübchen sehen und bat ihn, ihr an Chris' Stelle zu zeigen, was sie tun sollte.

Um Manolos Augen bildeten sich tausend kleine Fältchen, als er ihr Lächeln erwiderte. Er wandte sich nach Carola um und winkte sie näher. „Ich erkläre es euch."

Tanja hob warnend die Augenbrauen. Carola tat ihr den

Gefallen, keine Miene zu verziehen, und blieb einen halben Schritt zurück, als sie zum Sidewalk gingen.

Micky verließ zusammen mit Norbert die Garderobe. Als sie die *Main Street* von Los Alamos entlanggingen, kam Kincaid mit einem Mann der Filmfeuerwehr aus einer Seitengasse. Zwei Löschzüge standen an deren Ende. Irgendetwas musste ja tatsächlich brennen, wenn die Indianer am Nachmittag die Stadt anzündeten. Dann musste jemand aufpassen, dass das Feuer nicht außer Kontrolle geriet.

Tanjas unverkennbares Lachen klang über die Straße. Sie hing an Riojas Arm und starrte ihn an wie ein mondsüchtiges Kalb. Micky ballte die Fäuste. Er hätte sich wie Tanja und Carola eine Komparsenrolle besorgen sollen; eine, in der er sich schlagen konnte – am besten mit Rioja.

Der Musikant saß mit baumelnden Beinen auf dem Sidewalk und stimmte seine Geige ... oder Fiddle ... oder was auch immer er da spielte. Jack Harten und seine Skript Supervisorin diskutierten mit zwei Männern in kurzen Hosen und T-Shirts. Der Kleidung nach gehörten sie vermutlich zur Technik und konnten sich das Leben erträglich machen. An diesem Vormittag wehte kein Sandstaub die Straße entlang. Es war windstill und schon jetzt drückend heiß. Micky zerrte ungeduldig an seinem Hemdkragen; am liebsten hätte er die Ärmel hochgekrempelt.

Nobert pfiff anerkennend, als sie auf die Gruppe um Rioja zugingen. „Unsere Mädels! Chic!“ Er nickte Rioja und Tanja einen Gruß zu und gab Carola einen Kuss auf die Wange, bevor er sie unterhakte und dann auch Madeline begrüßte.

Micky kniff zornig die Augen zusammen, während sein Blick zwischen Tanja und Rioja hin und her ging. Wieso hatte er sie so vertraulich untergefasst? „Worauf warten wir?“

„Wir werden pro Tag bezahlt. Kann uns doch egal sein, was wir in der Zeit tun." Carola wies mit einer Kopfbewegung zu Jack, der gerade von Kincaid in Beschlag genommen wurde. „Die werden schon wissen ..."

Ein Beleuchter kam zu ihnen. „Manolo, wo wirst du auf der Tanzfläche sein?" Sein Englisch war perfekt. Vermutlich war das eine Voraussetzung für alle, die hier eingestellt wurden.

Rioja entzog Tanja seinen Arm und folgte dem Mann die Stufen hoch.

„Was machst du da?", zischte Micky sie an, als Rioja außer Hörweite war.

„Wovon redest du?"

Er schnaufte empört. „Davon, dass du dich Rioja an den Hals wirfst."

„Micky, was hältst du von ihr?" Carola stemmte die Hände in die Hüften.

Madeline gluckste. „Wartet bis zur Probe. Dann könnt ihr euch hemmungslos in Szene setzen." Sie zog Micky ein Stück von Tanja weg. „Reg dich ab. Wir sind hier, um Spaß zu haben und für den Verein ein paar Mäuse zu machen."

„Spaß!" Mickys Gesicht begann vor Zorn zu glühen. „Das ist kein Spaß mehr!" Er riss sich den Stetson vom Kopf und feuerte ihn gegen das Geländer des Sidewalks. Langsam segelte der Hut weiter auf die Straße. Zu seiner höchsten Genugtuung geriet er gleich darauf unter die Hufe eines Pferdes.

Chris drehte sich zu ihnen um, ein Fragezeichen im Gesicht. Er hatte wohl gemerkt, dass etwas im Gange war. „Was habt ihr denn auf einmal?"

Micky funkelte ihn an und schnaubte empört. Chris sollte besser auf die Mädchen aufpassen.

„Hol dir einen neuen Hut aus dem Fundus. Deinen kannst du jetzt wohl vergessen."

Micky schnaubte noch einmal. „Ich brauche keinen neuen Hut." Er reckte die Schultern und stapfte davon.

„Micky!"

Entschlossen ignorierte er Chris' Ruf. Er war fertig mit dem Zirkus hier.

Fassungslos starrte Tanja Micky hinterher. Was fiel ihm ein, sich so aufzuplustern?

Chris wandte sich an Madeline. „Was ist passiert?"

„Gleich!" Sie gab Tanja einen Stoß. „Hol ihn zurück." Als ob Micky etwas auf das gäbe, was sie sagte.

„Ich mach das schon", sagte Carola schnell und lief los.

Norbert zögerte einen Augenblick, dann folgte er ihr.

„Sie werden nichts ausrichten." Madeline presste entnervt die Lippen zusammen. „Tanja, es ist deine Sache, ihn zur Vernunft zu bringen!"

Sie stampfte mit dem Fuß auf. „Ich kann nichts dafür, wenn Micky den Dreh schmeißt." Madeline sah sie an, als sei sie anderer Meinung.

Manolo sprang von der Tanzfläche herunter und kam zu ihnen. „*Let's start!*" Er nickte Chris und Jack auffordernd zu.

„*Everybody leave the scene.*" Alle, die in der Szene nichts zu suchen hatten, traten hinter die Kameras.

Chris sah zum Ende der Straße zurück, wo die drei fehlenden Square Dancer verschwunden waren. Eine steile Falte stand zwischen seinen Augenbrauen, als er Tanja wieder ansah. „Stellt euch auf!"

Sie stiegen die fünf Stufen zur Tanzfläche hoch. Tanja blockierte ungeniert Bettinas Weg und stellte sich neben Manolo. Bettina sah sie irritiert an und nahm dann mit Axel vorlieb.

„Wer fehlt da?" Helen wies auf die Lücke in Madelines Square.

„Kein Problem." Chris zögerte einen Moment. „Wir machen die erste Probe ohne die drei."

„Drei?" Helen klang schockiert. Sie wandte ihren Kopf suchend hin und her. „Was machen sie?"

„Sie sind gleich wieder da!" Chris' Stimme schwankte nicht, aber die Falte auf seiner Stirn zeigte seine Besorgnis. Dennoch gab er dem Fiddler den Einsatz, stemmte die Hände in die Hüften und begann nach den ersten Takten mit seinen Calls.

„... *Half sashay.*" Tanja ließ Manolos Hand los und tänzelte so dicht vor ihm zur anderen Seite, dass sie ihn mit ihrem Rock streifte. An diesem Morgen hatte sie extra ein schweres exotisches Parfüm benutzt. „... *Swing your girl.*" Sie hielt ihren Kopf so nahe an seinem Gesicht, wie es unauffällig möglich war. Tanja war nur ein paar Zentimeter kleiner als Manolo und sein Atem streichelte ihre Stirn. Nach der Drehung hätte er sie küssen können, aber er wollte wohl nicht. Das Drehbuch erlaubte ihm doch ein paar Freiheiten. Einladender konnte sie sich wirklich nicht zeigen, ohne dass es den anderen auffiel.

Carola und Norbert kamen um die Straßenecke. Sie begannen zu rennen; schnaufend standen sie gleich darauf vor dem Tanzboden. Norbert streckte in einer hilflosen Geste die Hände aus. „Micky ist weg!"

„*Darn!*" Chris kniff zornig die Augen zusammen. „Kommt hoch. Wir wiederholen, während ich nachdenke." Aber da war natürlich nicht viel zu überlegen; sie brauchten auf der Stelle einen Ersatz für Micky, um den Drehtag zu retten.

Wäre nicht die Lücke im Square gewesen, wäre die Probe perfekt gelaufen. Madeline schien den Tränen nahe, als Chris nach der Wiederholung die Tanzfläche hinunterstieg, um Jack mitzuteilen, dass ihnen ein Tänzer fehlte.

„Warum haben Sie das nicht gleich gesagt?" Jack schien fürs Erste mehr irritiert als verärgert.

„Weil Herr Hassloff vor zwanzig Minuten noch hier war."
Zwanzig Minuten schon? Langsam sollte Micky jetzt mal zurückkommen; inzwischen musste er sich doch wieder abgeregt haben.

Jack rieb sich das Kinn. „Was ist passiert?"

„Ich weiß es nicht genau." Chris hob die Schultern. Das mochte noch als Wahrheit durchgehen. „Ihm ist schlecht geworden." Nun gut, das stimmte irgendwie auch. „Darum konnte er nicht bleiben." Chris war ohne offene Lüge ausgekommen; aber würde es zu etwas nütze sein?

„Haben wir einen Ersatz?", fragte Jack seine Skript Supervisorin.

Helen schüttelte den Kopf.

Daraufhin wandte er sich wieder an Chris. „Haben wir einen Ersatz?"

Chris zog sein Handy aus der Hosentasche und blätterte das Telefonverzeichnis durch.

Jack beobachtete ihn mit offensichtlich wachsendem Unmut. „Wie lange brauchen Sie, um jemanden herzuholen?"

Chris' Antwort war zu leise, um sie oben auf dem Tanzboden zu verstehen. Jack ging mit Helen ein paar Schritte beiseite und schien mit ihr zu diskutieren. Chris kaute auf seiner Unterlippe; dann drückte er eine Nummer auf seinem Handy.

Madeline warf Tanja einen zornigen Blick zu. „Das hast du uns mit deiner Flirterei eingebrockt", zischte sie. „Hast du eine Vorstellung, was es den Verein kostet, wenn der Vertrag platzt?"

Tanja zuckte die Achseln; was sollte schon passieren? Bestimmt kannte Chris jemanden in einem anderen Verein, der bereit war einzuspringen. Aber sein Gesicht verfinsterte sich immer mehr, während er telefonierte. Vielleicht hätte sie doch versuchen sollen, Micky aufzuhalten. Aber was musste er sich auch so idiotisch benehmen. Es war einfach kindisch, ihr den Flirt mit Manolo zu missgönnen.

Jack kam an den Rand des Tanzbodens und wandte sich an die Tänzer. „Wir haben eine andere Lösung für den Augenblick. Für Sie ist der Drehtag zu Ende. Nächsten Samstag um acht sind Sie bitte wieder hier. Alle!"

Manolo sprang mit einem langen spanischen Fluch vom Tanzboden und lief ins Disponentenbüro.

Madeline blies langsam die Luft aus ihrem Mund. „Bis dahin wird sich Micky hoffentlich wieder abgeregt haben. Oder?"

Norbert klopfte ihr auf die Schulter. „Micky ist keiner, der uns im Stich lässt."

„Heute hat er es getan!" Tanja gab ein zorniges Knurren von sich.

Madeline starrte sie an, als hätte sie dazu etwas zu sagen. Aber dann seufzte sie nur und stieg zu Chris hinunter.

„Packen wir zusammen, Leute." Chris steckte sein Handy wieder ein.

Tanja ging den anderen voraus in die Garderobe und zog sich schweigend um. Als sie wieder ins Freie trat, stand Manolo mit einem zornigen Kincaid vor Chris und Jack. Kincaid war laut, aber sein Englisch hatte einen so schweren Slang, dass sie praktisch nichts verstand.

Auch Chris sah jetzt zornig aus.

Madeline kam hinter ihr aus der Tür und blieb stehen. „Ich warte auf Chris."

Carola schob sich an Madeline vorbei und hakte Tanja unter. Aber sie nahm es kaum wahr. Mit ihrem Blick folgte sie Manolo, der zum Saloon ging. Er hatte sie überhaupt nicht mehr angesehen, nachdem die Probe zu Ende gewesen war.

Hinter der Schwingtür blieb er stehen. Eine schwarzhaarige Schönheit trat so schnell auf ihn zu, dass sie auf ihn gewartet haben musste. Gebräunte Schultern über dem Saum eines trägerlosen knallroten Tops. Den Rest ihrer Figur verbarg die Schwingtür; bestimmt war sie atemberaubend. Mit leicht geöffneten Füßen stand sie in flachen silbernen Sandalen vor ihm und legte ihre Hände auf seine Schultern.

„Die sieht aus wie noch ein Star", bemerkte Carola trocken.

„Wenn schon!" Manolo wurde ständig von irgendwelchen Frauen bedrängt, die mit ihm gesehen werden wollten. Aber noch keine hatte es geschafft, mehr als zwei Mal mit ihm fotografiert zu werden. „Wahrscheinlich eins dieser Groupies! Denkst du etwa, ich habe keine Chance gegen die?"

„Aber Tanja!" Carola klang schockiert. „Als Groupie?"

Tanja setzte sich in Richtung Saloon in Bewegung und versuchte, Carola mit sich zu ziehen.

„Wo willst du hin?" Carola befreite sich von ihr.

„Ich dachte, wir wollten gehen?" Sie zuckte die Achseln; dann ging sie allein weiter.

Aber bevor sie den Saloon erreichte, verschwand Manolo mitsamt der Schwarzhaarigen aus ihrem Blickfeld. Nun war nichts mehr mit unauffälliger Annäherung. Sie knurrte frustriert.

Im nächsten Augenblick stand Carola wieder neben ihr. „Wir haben Wichtigeres zu tun. Schau zu, dass du Micky erreichst und ihm Verstand beibringst."

Warum machten alle sie verantwortlich für das Chaos, das Micky angerichtet hatte? Tanja schwang sich den Rucksack über die Schulter und holte ihr Fahrrad. Dann machte sie sich auf den Weg zur S-Bahn, ohne auf Axel zu warten.

Sie würde Micky garantiert nicht anrufen – schließlich, was sollte sie ihm auch sagen? Sollte sie vielleicht betteln? Oder ihn anlügen, um ihn besänftigen?

6

Als Micky am Dienstagnachmittag den Tanzclub Lietzensee betrat, stand George Lagrange breitbeinig vor der Tür zum Büro. Mit ihm hatte er nicht gerechnet; so früh war der dienstags noch nie da gewesen. Aber eigentlich war es egal; ob ihm nur Chris den Hals umdrehte oder George auch noch ... Es war sowieso Schwachsinn, heute zum Training zu kommen. Doch er war keiner, der sich drückte.

Fast die gesamte Gruppe war schon da. Tanja fehlte – noch? Und wenn sie kam; was dann? Vielleicht sollte er doch auf das Training verzichten, bis der ganze Zirkus mit den Dreharbeiten vorbei war. Sie würden auch mal ohne ihn auskommen.

Madeline rutschte von ihrem Barhocker und hob einen Arm. „Micky, hier sind wir." Als ob er das nicht gesehen hätte. Wahrscheinlich wusste sie auch nicht, was sie sagen sollte. Chris stand dort ebenfalls schon, ein leeres Glas in der Hand.

Das Geplauder der Square Dancer verstummte schlagartig; einer nach dem anderen sah ihm erwartungsvoll entgegen.

Micky lächelte einen Moment über Madelines Eifer. Dann presste er ingrimmig die Lippen zusammen und blickte George an. „Mit dir bin ich nicht verabredet, Schorsch."

George ließ ihn tatsächlich kommentarlos an die Bar gehen; aber er kam hinter ihm her. Micky versuchte ihn zu ignorieren. „Wenn mir unsere Truppe nicht so wichtig wäre, wäre ich gar nicht gekommen, Chris."

Er zog sich einen Barhocker heran und stützte sich mit einem Ellenbogen auf die Sitzfläche. Marga Fischer, hinter der Theke, hielt ihm fragend eine Bierflasche entgegen. Musste die Bürokraft immer die große Kümmerin spielen? Er wollte jetzt kein Bier.

„Aber?" Madeline schien Mühe zu haben, ihn nicht anzufauchen. „Wenn einer so anfängt, gibt es immer ein Aber."

George blieb ein paar Schritte entfernt stehen, deutlich angespannt. „Du willst den Square Dance in unserem Verein? Und ruinierst euren und unseren Ruf?"

Micky schnaubte. „Wer ruiniert unseren Ruf wohl mehr? Ein Tänzer, der unpässlich ist, oder eine Tänzerin, die sich wie ein Groupie benimmt?"

Madeline hob ihre Hand. „Micky, das war eine Beleidigung." Der warnende Unterton in ihrer Stimme war unüberhörbar. „Wenn solcher Umgang unter uns einreißt, wird die Gruppe schnell auseinander fliegen."

Plötzlich hatte er ein flaues Gefühl im Magen: Wenn das jemand Tanja zutrug, was würde sie dann von ihm denken? „Ich ... Ich schätze Tanja. Ich würde sie nie beleidigen wollen."

„Warum tust du es dann?", fragte Chris. „Was glaubst du, mit deinem kindischen Verhalten zu erreichen?"

Dass Tanja zu Verstand kam. Micky zuckte die Achseln; es war sinnlos, auf eine provozierende Frage zu antworten.

„Der Verein ist einen Vertrag eingegangen." George knirschte mit den Zähnen. „Du stehst mir dafür gerade, dass wir ihn einhalten."

Micky wirbelte zornig herum. „Drohst du mir, Schorsch? Du kannst mir nicht drohen. Geh doch zum Teufel!"

„Glaubst du, ich kann das nicht?" George begann, rot anzulaufen. „Ich werf dich aus dem Verein, wenn du nicht am Samstag wieder in Babelsberg antrittst." Zornig zog er die

Augen zu Schlitzen zusammen. „Und bleibst und deinen Job machst. Du hast eine Verpflichtung übernommen!"

„Hab ich das? Na, wenn schon! Meinetwegen kann der ganze Verein mit dir zum Teufel gehen. Als ob es nichts Wichtigeres gäbe in der Welt!" Aber ohne den Verein würde er auch Tanja nicht mehr sehen; Micky unterdrückte einen Seufzer. Sein Blick ging zu Chris. „Tut mir leid", sagte er mit sanfterer Stimme. Dann nahm er die Schultern zurück, drehte sich um und ging zum Ausgang. Er würde sie alle vermissen.

„Das ist Vereinsschädigung", schrie George ihm hinterher. Gleich würde er Feuer spucken. „Ich werde dich ruinieren!"

Tanja stand vor dem Zeichenbrett in ihrer Wohnung und presste die Hände auf den Unterbauch. So schlimme Krämpfe hatte sie seit Jahren nicht mehr gehabt. Sie musste wohl Chris anrufen und das Training absagen. Frau sollte eh keinen Sport treiben an diesen Tagen. Andererseits ... Deswegen hatte sie noch nie abgesagt; vermutlich würde er ihr nicht glauben.

Nach einem Blick auf die Uhr ging sie ins Bad und nahm eine Schmerztablette. Die sollte rechtzeitig genug wirken, dass sie den Square Dance-Nachmittag überstand. Sie wollte doch auch wissen, ob Chris einen Ersatz für Samstag gefunden hatte. Oder es jemandem gelungen war, Micky zur Vernunft zu bringen.

Sie kochte einen Kamillen-Tee, um ihren Magen zu beruhigen, denn übel war ihr auch. Zum Tee knabberte sie dann lustlos an einem Zwieback; gleich darauf würgte sie beides wieder heraus. Eigentlich war sie wirklich krank. Aber niemand würde ihr diese Entschuldigung abnehmen; nicht nach dem Eklat am Samstag. Und wie stand sie dann da?

Als sie sich die Zähne putzte, um den ekligen Geschmack

loszuwerden, zeigte ihr der Spiegel eine Leiche. Scheußlich! Sie griff tief in das Töpfchen mit der Afrikanischen Erde und ließ dafür den schwarzen Eyeliner weg, bevor sie sich auf den Weg machte.

Natürlich blieb der Bus wieder im Stau stecken und die U-Bahn fuhr ihr vor der Nase davon. Als sie dann ausstieg, war es genau fünf vor halb sechs. Sie hastete die Rolltreppe zur Straße hoch, ignorierte den ziehenden Schmerz in ihrem Bauch und setzte sich in Trab.

In der Hofeinfahrt zum Tanzclub blieb sie stehen und schöpfte Atem. Mickys Motorrad stand neben dem Aufgang zur Etage. Erleichtert atmete sie auf. Bestimmt war das ein gutes Omen für Samstag. Norbert hatte wohl recht: Micky war keiner, der die Gruppe im Stich ließ.

Sie wischte sich mit dem Handrücken über die Stirn, strich ihre Haare glatt und wappnete sich für die Begegnung mit ihm. Sie musste ihm hoffentlich nicht erst sagen, dass Manolo nichts weiter als ein Märchenprinz war.

Als sie an Mickys Motorrad vorbeiging, fuhr sie sanft über den Sitz; das schwarze Leder hatte die Wärme der Sonne in sich aufgenommen. Motorradfahren sah chic aus. Sie könnte Micky sagen, dass sie gern einmal, an seinen Rücken gelehnt und die Arme um seine Taille geschlungen, mit ihm über die Avus brausen würde. Nein, gewiss konnte sie das so nicht sagen. Einfach: „Micky, kann ich mal mitfahren? Ich habe noch nie auf einem Motorrad gesessen." Aber womöglich hatte er gar keinen zweiten Helm und sie brächte ihn damit in Verlegenheit. Vielleicht kam er deshalb immer im Auto, wenn er sie abholte. Besser, sie fragte ihn überhaupt nicht.

Immer noch den Blick auf dem Motorrad, öffnete sie die Tür zum Treppenhaus. Ein paar Stockwerke über ihr schlug eine Tür krachend ins Schloss; dann kam jemand die Treppe heruntergerannt.

Micky! Er hatte sich offensichtlich die Haare gerauft und sein Blick war finster. Was war passiert?

Abrupt blieb er auf dem Treppenabsatz über ihr stehen. „Tanja!“

„Hallo Micky!“ Sie bemühte sich, ihre Irritation hinter einem Lächeln zu verbergen. „Wo willst du hin?“

„Geht dich nichts an.“ Langsamer ging er weiter die Treppe hinunter. Er hatte sich geärgert; worüber denn jetzt?

Als er an ihr vorbei wollte, hielt sie ihn am Arm fest. „Was ist denn passiert? Haben wir kein Training heute?“ Dumme Frage; Chris hätte rechtzeitig allen abgesagt. Aber irgendwie musste sie ihn zum Reden bringen.

„Ihr schon!“ Micky blieb tatsächlich stehen. „Ich habe kein Training heute. Vielleicht auch nie mehr.“

Was sollte das denn heißen? Tanja war für einen Augenblick sprachlos. „Einfach so? Du lässt einfach alles stehen und liegen?“ Zorn stieg in ihr auf, als Micky daraufhin die Achseln zuckte und ihre Hand wegschob. „Wie kannst du so etwas tun?“

„Als ob der Square Dance für irgendetwas wichtig wäre!“

„Ist er nicht?“

Er biss sich auf die Lippen und schüttelte den Kopf. Irgendwie sah er gar nicht glücklich aus – als ob er sich seiner Entscheidung nicht sicher wäre. „Ich muss mich um die Uni kümmern. Mein neues Programm zum Laufen kriegen.“ Er rechtfertigte sich; wie schön! Vielleicht konnte sie ihn zum Bleiben bewegen.

„Jetzt in den Semesterferien?“ Mit einem Lachen ließ sie ihn ihren Spott hören. „Ich wusste nicht, dass du das nötig hast!“

Er blitzte sie zornig an, aber diesmal fiel er auf die Provokation nicht herein: Statt zu kontern, zuckte er nur wieder die Achseln und ging weiter die Treppe hinunter. Er lief einfach weg?

Tanja fand die Sprache erst wieder, als er die Hoftür öffnete. Sie stemmte die Hände in die Hüften. „Wenn du denkst, dass ich dir hinterherlaufe, dann bist du auf dem Holzweg! Es gibt genug Tänzer, die dich ersetzen können."

Als Mickys Motorrad aufheulte, brach sie in Tränen aus. Sie hockte sich auf die Treppe und legte den Kopf auf die Knie. Vermutlich hatten die anderen inzwischen mit dem Training begonnen und fragten sich, ob auch sie sie im Stich ließe. Aber sie konnte sich nicht aufraffen; außerdem hatte sie jetzt eh keinen Partner.

Wieder schlug über ihr die Tür der Etage zu. George kam die Treppe herunter. Der Alte hatte ihr gerade noch gefehlt an diesem Tag.

„Tanja, hast du deinen Partner gesehen?", donnerte er durchs Treppenhaus.

Tanja wischte sich mit dem Rock die Tränen ab und stand auf. „Was willst du von Micky?"

„Ich schmeiß ihn raus!" George stand kurz vor einer Explosion.

„Dann kann es dir ja recht sein, dass er weg ist!" War es das? Micky war gar nicht wegen ihr gegangen, sondern wegen George? „Was hast du jetzt wieder gemacht?" Wieder ein Streit, weil er den Square Dance sowieso nicht im Verein haben wollte?

Das könnte ihm so passen! Und die Antwort konnte er sich auch sparen. Tanja schwang sich den Rucksack über die Schulter und stieß ihn zur Seite. Eilig lief sie die Treppe hoch, um zum Training zu kommen.

7

Micky parkte sein Motorrad am Zaun vor dem alten „Café Einstein" in der Tiergartener Kurfürstenstraße und ging in die Bar im ersten Stock hoch. Es war selbst für einen Freitag Abend ungewöhnlich voll; vermutlich war in der Nähe gerade eine Veranstaltung zu Ende gegangen.

Im Vorbeigehen bestellte er an der Theke ein großes Kölsch und setzte sich dann an einen der runden Tische auf der Terrasse. Die Kellnerin folgte ihm mit dem Bier fast auf dem Fuß.

Missmutig starrte er darauf; dann auf sein Handy. Wo blieb Carola?

Zehn Minuten später stand sie ein wenig atemlos in der Tür, drängte sich durch die Menge und ließ sich mit einem lauten Schnaufer ihm gegenüber auf den Stuhl fallen. Sie deutete auf das volle Bierglas. „Hast du deinen Frust ertränken wollen und dann festgestellt, dass das Bier nicht schmeckt?"

„Haha!" Er verzog den Mund; auf Smalltalk hatte er wahrhaftig keinen Bock. „Was hast du vor, dass dir Telefonieren nicht gut genug ist?"

„Von Angesicht zu Angesicht", sie flatterte mit den Augenlidern, „kann ich meinen ganzen, nicht unbeträchtlichen Charme ausspielen, um dich zur Vernunft zu bringen." Sie rief nach der Kellnerin, die soeben ins Blickfeld geraten war.

Micky griff nach seinem Bier und trank einen langen Schluck. Dann verzog er wieder den Mund. „Schal geworden." Er sah ihr in die Augen, als er das Glas absetzte. „Wie so vieles."

Sichtlich erschrocken griff Carola nach seiner Hand. „Soll das etwa heißen, du hörst wirklich auf zu tanzen?" Er hatte sie tatsächlich provozieren können; warum funktionierte das nicht bei Tanja?

„Und wenn?"

„Aber Micky!"

Die Kellnerin erreichte ihren Tisch, ein Tablett mit leeren Gläsern balancierend. „Was darf ich Ihnen bringen?"

„Einen Kirschsaft." Carola schien sich an ihrem verdutzten Gesicht zu weiden. Die Bar war für ihre tollen Cocktails bekannt; alkoholfrei war eher selten gefragt. „Haben Sie denn keinen?"

„Doch."

„Mir ein neues Bier bitte." Er schob der Kellnerin sein Glas hin. „Ich habe zu lange auf Gesellschaft warten müssen."

Die Kellnerin nickte und stellte das Glas auf ihr Tablett. „Kommt gleich!"

Carolas Blick folgte ihr einen Moment, dann wandte sie sich wieder ihm zu. „Das ist nicht dein Ernst, dass du aufhören willst. Das sagst du bloß, um mich zu ärgern."

Er lächelte bitter. „Damit könnte ich dich ärgern?" Wenn es doch nur Tanja nicht gleichgültig wäre. Aber sie hatte sich nicht von der Stelle gerührt, als er vor dem Dreh davongelaufen war.

Carola seufzte. „Micky, wir sind deine Freunde. Lass uns nicht im Stich! Das haben wir nicht verdient."

„Dieser Playboy! Ich lass mir von dem Schnösel nicht mein Mädchen wegnehmen." Zornig presste er die Lippen zusammen.

„Tanja ist nicht dein Mädchen, Micky. Sie weiß ja nicht einmal, dass du sie liebst! Du hast es ihr nie gesagt."

„Das merkt man doch!"

„Ach ja?" Carola wackelte mit ihren Augenbrauen; sie schien sich plötzlich zu amüsieren.

„Wenn sie mich lieben würde, würde sie es spüren, ohne dass ich etwas sagen muss."

„Aha!" Sie grinste beinahe schadenfroh.

Er sah sie verständnislos an. Was meinte sie damit?

„Und wie ist das mit dir?"

Er begriff immer weniger, worauf sie hinauswollte.

Carola feixte nun völlig ungeniert. „Wenn man so etwas merkt – wieso hast dann du noch nicht gemerkt, was Tanja für dich empfindet?"

Er blickte auf den Tisch.

„Wieso traust du dich nicht an sie heran, wenn du doch wissen müsstest, dass sie sich auch verliebt hat?"

Er sah auf; unsicher, was er darauf antworten sollte. „Sie hat nie ..."

„... ein Wort gesagt." Carola lachte auf. „Genauso wenig wie du! Was seid ihr doch für zwei Kindsköpfe!"

Die Kellnerin kam und stellte ihnen eilig ihre Getränke hin.

„Danke." Carola setzte ein Lächeln für sie auf, aber sie war schon auf dem Weg zum nächsten Tisch.

„Warum lässt sie sich dann von diesem Kerl einwickeln?"

„Ach, alle Mädchen haben irgendeinen Schwarm, den sie sich zu Hause als Poster übers Bett hängen." Sie wurde knallrot. „Ich habe auch noch so ein Ding an der Wand."

Was war das denn für ein Argument? Er griff nach seinem Glas und trank es halb leer. „So ist es besser." Mit dem Handrücken wischte er sich den Schaum vom Mund. „Aber eure Teenagerschwärme sind nicht real. Dieser ist es." Er presste die Lippen ärgerlich zusammen und schnaufte. „Gegen das, was er ihr verspricht, komme ich nicht an. Sie sieht doch gar nicht, dass er sie belügt."

„Tut er nicht, Micky. Er denkt nicht im Traum daran, ihr etwas zu versprechen, geschweige denn, sie zu belügen."

„Woher willst du das wissen? Du kennst ihn doch gar nicht."

„Aber du, Micky?" Ihr Blick wanderte durch den Raum, als suche sie etwas. Sie schien nervös zu werden. „Ich habe mich mit ihm unterhalten."

Sie trank einen Schluck von ihrem Kirschsaft und leckte sich genießerisch die Lippen. „Ausgesprochen gut. Richtiger Saft, keine Limonade. Vielleicht sollte ich etwas essen?" Sie drehte sich nach der Kellnerin um. Aber plötzlich griff sie über den Tisch nach seiner Hand. „Guck mal, eine Frau vom Set."

Die Arme wie schützend vor sich, bewegte sich eine schwarzhaarige Frau in einem zeltartig geschnittenen, weit fallenden Kleid langsam zur Theke und schien dabei nach einem freien Platz zu suchen.

Er musterte das Gesicht der Frau. „Ich kann mich nicht erinnern. In unserer Szene ist sie jedenfalls nicht dabei."

Carola erhob sich halb und winkte in ihre Richtung. Die Frau reagierte mit einem Lächeln und kam dann auf sie zu.

Carola setzte sich wieder. „Geh, hol Consuela einen Stuhl."

„Consuela?" Er war völlig perplex. Die Komparsenrolle hatte Carola wohl scharf auf die Filmerei gemacht. „Ich dachte, du wolltest mit mir über Tanja reden."

Sie zuckte resignierend mit den Achseln. „Ich weiß nicht, was ich noch sagen soll, um dich zu überzeugen." Carola gab sich geschlagen? Das konnte nicht sein. Misstrauisch kniff er die Augen zusammen.

Die Frau, die sie Consuela genannt hatte, stand vor ihnen. Verdutzt starrte er einen Augenblick auf den deutlich gewölbten Bauch, den er in Augenhöhe vor sich hatte. Aus der

Entfernung und in der Menge vor der Theke hatte das Gewand ihre Schwangerschaft komplett verborgen.

Er besann sich und stand auf. „*I'll get you a chair!*"

Consuela sagte etwas, das wie Englisch klang, er aber trotzdem nicht verstand.

Als er mit einem Stuhl zurück an den Tisch kam, deutete Carola auf ihn und suchte ihr Englisch zusammen. „Das ist Micky Hasloff aus unserer Square Dance-Gruppe."

Er rückte Consuela den Stuhl zurecht.

Ein dünnes Lächeln erschien in ihren Mundwinkeln. „*The one, who blew the scene last Saturday.*"

Das hatte er verstanden. Sein Gesicht begann zu glühen und er senkte den Blick. „Ich hatte meine Gründe!" Am liebsten hätte er nicht nur die Szene in die Luft gejagt. Trotzig presste er die Zähne auf die Unterlippe und setzte sich wieder. „Welche Rolle spielen Sie in dem Film?" Er versuchte, den Blick auf Consuelas Gesicht zu halten.

„Gar keine." Sie strich sich über den Bauch. „Manolo will sichergehen, dass er bei der Geburt dabei sein kann. Darum bin ich zu den Dreharbeiten nach Berlin gekommen."

„Manolo?" Er runzelte die Stirn.

„Manolo Rioja. Wissen Sie denn nicht, dass er der Star des Films ist?"

„Doch!" Unwillkürlich ballte er die Fäuste.

„Und der Star meines Lebens."

„Was?"

Consuelas Lächeln wurde breiter und ihm begann etwas zu dämmern.

„Dann wird das Kind wohl ein Berliner." Carola schmunzelte vergnügt.

„Oder Potsdamer. Wir haben auch dort ein Zimmer in einem Krankenhaus reservieren lassen." Carolas Blick folgend drehte sie sich um.

Manolo Rioja stand im Eingang zur Bar. Im Vorbeigehen griff er sich einen freien Stuhl und kam zu ihnen. „Ich bekomme bestimmt ein Ticket. Aber ich bin schon so weit gefahren, dass ich kaum noch weiß, ob ich das Auto überhaupt wiederfinde."

Micky drehte sein Bierglas zwischen den Händen und musterte ihn nachdenklich. „So ein Zufall", murmelte er auf deutsch.

„Er wird sie wohl kaum alleine lassen in ihrem Zustand", flüsterte Carola zurück.

Rioja legte seine Hand auf Consuelas Schulter, sagte etwas auf spanisch und küsste sie auf die Schläfe. Dann blickte er Micky an. „Darf ich mich setzen?"

Er hatte seinen Stuhl doch schon! Micky schnaufte ärgerlich; dann hatte er sich wieder im Griff. „Ich war erstaunt, als Consuela hier auftauchte. Jetzt wundere ich mich nicht mehr."

Rioja nickte. „*Right.* Unser Auftritt hier war geplant." Sein Blick ging zu Carola. „Dies schien mir der beste Weg zu beweisen, dass ich Ihnen nicht im Weg stehe." Er streichelte Consuelas Nacken. „Und auch kein Interesse an Ihrer schönen Freundin habe."

Unter dem Tisch ballte Micky seine Faust. „Tanja ist nicht meine Freundin."

„Und das ist Ihr Problem." Consuela setzte sich bequemer hin und lehnte sich an Riojas Schulter. „Filmstars haben oft einen schlechten Ruf und Manolos Manager pflegt den seinen als Herzensbrecher. So ist das Showbiz eben."

„Aber in Wahrheit soll nichts dran sein?" Micky schaute sie ungläubig an. „Ich habe gegoogelt!"

„Und die vielen Fotos mit Mädchen an Manolos Seite gefunden." Consuela schmunzelte. „Alles Models, die für ihren Auftritt bezahlt werden." Sie deutete auf Carola. „Carola haben wir gestern auch engagiert, als sie bei uns im Hotel war.

‚Berliner Friseurin Riojas neue Liebe' wird eine nette Schlagzeile.“

Carola errötete und stotterte Unverständliches.

„Das glaube ich nicht!“ Wenn das wahr wäre, dann hätte er sich auf grandiose Weise lächerlich gemacht. Nein, das war ein Komplott. Sie wollten ihn bloß dazu bringen, dass er auf den Set zurückkehrte. Er knurrte verächtlich.

Rioja zuckte die Achseln. „Wir sind seit fünf Jahren verheiratet und haben zwei Töchter. Mit dieser Strategie konnten wir unsere Ehe bisher aus den Schlagzeilen heraushalten.“

Carola griff nach Mickys Hand. „Stell dich nicht so stur. Merkst du nicht, dass Consuela für die Treue ihres Mannes die Hand ins Feuer legt?“

„Pah! Sie sind doch Schauspieler alle beide!“

Consuela und Rioja lauschten ihrem Wortwechsel mit angestrengten Gesichtern; ob sie etwas davon verstanden? Sie sollten ihm ruhig anhören, wie sehr er sie für ihr durchsichtiges Manöver verachtete.

Carola lächelte Rioja kurz an, dann wandte sie sich wieder ihm zu. „Micky! Sie sind gerade mal fünf Jahre verheiratet und kriegen offensichtlich schon ihr drittes Kind!“ Sie schnaufte so heftig, als würde sie gleich die Beherrschung verlieren. „Das spricht nicht direkt für eine unglückliche Ehe!“

Er wand sich unbehaglich in den Schultern und griff nach seinem Bier. Es war schon wieder abgestanden.

„Micky, kommen Sie bitte zum Dreh morgen früh.“ Rioja legte seinen Arm um Consuela. „Sie täten uns einen großen Gefallen, wenn ich meine Drehtermine wie geplant abschließen könnte. Unsere Mädchen sollen nicht länger als nötig darauf warten, ihren neuen Bruder kennen zu lernen.“

Carola sah überrascht aus. „Wollen Sie die beiden nicht nach Berlin holen lassen?“

„Wir haben kein passendes Haus gefunden, das wir für die kurze Zeit mieten konnten. Sonst hätten wir sie sowieso mitgenommen.“

Consuela nickte. „So lange die Kinder nicht in die Schule gehen, versuchen wir, sie nicht unter unserem Beruf leiden zu lassen.“

„Dann sind Sie wirklich auch Schauspielerin? Aber Sie sind bei uns nicht so bekannt wie Ihr Mann.“ Als ob er Rioja vorher gekannt hätte. Tanja hatte ihm nie etwas von ihrem Schwarm erzählt. Sonst hätte er verhindert, dass die Gruppe den Filmvertrag annahm.

„Ich arbeite in erster Linie am Theater. Und singe.“

„Micky, was kann ich tun, um Sie zu überzeugen? Wir haben diesen gemeinsamen Auftritt beim Square Dance; daran ist nichts zu ändern.“

„Und Tanja hat zwei weitere Szenen mit Ihnen. Ich habe die Rolle gelesen, die sie spielt.“

Carola verdrehte die Augen. „Vielleicht hörst du mal damit auf, nur stumm und zornig dabeizustehen? Vielleicht sagst du ihr, was du von ihr willst?“

„Und wenn sie mich wieder abblitzen lässt?“

„Wieder!“ Carola schnappte nach Luft. „Wann und wo hat sie dich abblitzen lassen? Das wüsste ich doch!“

„Am Dienstag vor dem Training.“

Sie runzelte die Stirn. „Sie hat dir gesagt, dass sie dich nicht liebt?“

Micky knurrte. „Sie hat mich voll von oben herab behandelt.“

„Das glaube ich einfach nicht! Tanja doch nicht; das passt nicht zu ihr.“ Sie schüttelte den Kopf. „Außer, sie war furchtbar sauer.“

Er zog eine Grimasse. „Na sicher war sie das!“

Rioja und Consuela bekamen immer mehr Fragezeichen in ihre Augen. Carola begann zusammenzufassen, worüber sie gerade gesprochen hatten. Wie peinlich! Micky legte eine Hand auf ihren Arm, um sie zu bremsen. Das fehlte noch, dass Carola den beiden alles haarklein erzählte. Sie mussten ihn eh schon für einen Idioten halten.

Dann wandte er sich selber an Rioja. „Ich komme morgen früh zum Dreh. Sie können ja nichts für Tanjas Irrsinn. Da wäre es nicht fair, Sie darunter leiden zu lassen." Sein Blick ging zu Consuelas Bauch, der sie zwang, ein Stück vom Tisch entfernt zu sitzen. „Ausgerechnet in Ihrer Lage."

Auf Riojas Gesicht machte sich deutlich Erleichterung breit. Er winkte die Kellnerin herbei. „Bringen Sie uns ein Glas Mineralwasser und eine Flasche Champagner mit vier Gläsern", bestellte er auf Englisch.

Als die Getränke auf dem Tisch standen, prostete Micky Consuelas winzigem Schluck in ihrem Glas zu. „So lange unsere Gruppe bei den Dreharbeiten beschäftigt ist, brauchen Sie sich keine Sorgen zu machen. Unser Caller ist in seinem bürgerlichen Beruf Sanitäter bei der Feuerwehr. Chris hat vermutlich schon mehr als einem Kind auf die Welt geholfen, das die Fahrt ins Krankenhaus nicht mehr abwarten wollte."

Carola lachte lauthals. „Das wäre mal ein Erlebnis."

Rioja grinste. „Wir könnten Kincaid eine Ergänzung des Drehbuchs vorschlagen. Mit einer Komparsenrolle für Chris."

Micky holte das Handy aus seiner Hosentasche und begann, die Namensliste durchzurollen.

„Was hast du vor?" Wohl den beiden zuliebe blieb Carola beim Englischen.

Die Frage verblüffte ihn jetzt doch. „Sollten wir Chris nicht Bescheid sagen?"

„Dass er noch einen weiteren Job hat?" Consuela griff mit einem halb unterdrückten Kichern nach ihrem Mineralwasser.

„Rufst du dann auch Schorsch an?"

Micky schluckte; dann nickte er tapfer. „Es bleibt mir wohl nichts anderes übrig, als wieder in Ordnung zu bringen, was ich angerichtet habe."

Ohne Umschweife teilte er Chris dann mit, dass er am Morgen pünktlich in Babelsberg sein würde. „Ich sage es Schorsch selber", schloss er das Gespräch mit einem Seufzer.

Chris lachte leise. „Das musst du dir nicht antun. Ich bin bei Madeline und er sitzt in der Küche. Jedenfalls, soweit er in der Lage ist still zu sitzen."

„Chris, du bist der Beste. Danke."

„Aber Tanja ist nicht mehr hier. Sie solltest du anrufen."

„Nein!" Das hatte zu abweisend geklungen. Er schloss die Augen, dann atmete er langsam aus. „Hat sie es davon abhängig gemacht, dass ich komme, ob sie morgen früh nach Babelsberg fährt? Oder was?"

„Nicht dass ich wüsste." Im Hintergrund klang Madelines Stimme durchs Telefon. Chris schien die Hand aufs Handy zu halten, denn es kam nur gedämpft und unverständlich bei ihm an, was wohl seine Antwort für Madeline war. Dann war Chris wieder ganz da. „Micky, du brauchst vor mir nichts zu rechtfertigen. Ich bin froh, dass du morgen kommst." Er erzählte ihm kurz, wie viel Szene sie geprobt hatten, bevor sie abbrechen mussten.

Nach einer weiteren halben Minute klappte Micky das Handy zu und atmete erleichtert aus.

8

Tanja war übernächtigt. Mehr noch als das schwere Gewitter hatte der Alptraum sie wachgehalten, Micky würde den Dreh schmeißen. Was, wenn es Chris nicht gelungen war, ihn zur Vernunft zu bringen?

Vor dem Duschen legte sie das Handy auf die Badezimmerkonsole. Sie brauchte nur die Hand auszustrecken, wenn er anrief. Aber Micky rief nicht an. Vielleicht war das auch besser so: Er würde sie auslachen, wenn sie ihm sagte, dass er keinen Grund zur Eifersucht hatte, weil er ihr wichtiger war als alle Filmstars der Welt. Vor dem Frühstück schlich sie dennoch weiter ums Telefon. Sie könnte ihn bitten, sie abzuholen, weil noch immer fette Regenwolken am Himmel hingen. Durchweicht in Babelsberg anzukommen, war keine Option. Aber sie konnte sich nicht entschließen.

Als sie sich den zweiten Kaffee einschenkte, klingelte unverhofft Lydia Aydemir an ihrer Haustür. Nun brauchte sie sich keine Blöße zu geben — aber sie wusste nun auch nicht, ob Micky kommen würde.

Sakir lehnte an der Fahrertür und grinste ihr entgegen. Lydia war um ihren Mann zu beneiden: Unmusikalisch wie ein Stock, unterstützte er sie dennoch voller Enthusiasmus. So einen Mann hätte sie auch gerne eines Tages. Nicht unmusikalisch. Einen, der sie bedingungslos unterstützte.

Er öffnete Tanja die Wagentür. „Lydia ist vor lauter Lampenfieber das Frühstück aus dem Gesicht gefallen. Kannst du dir das vorstellen?"

Nein, das konnte sie nicht. Sie starrte Lydia an. „Bestimmt nicht wegen der Szene. Sie braucht ja nur zu tanzen wie immer." Sie wischte sich die feuchten Handflächen aneinander ab. „Bestimmt nicht."

Jetzt errötete Lydia auch noch. So was! Tanja schüttelte verwundert den Kopf, während sie einstieg.

In der Garderobe stand Carola mit einer Friseurin hinter einer anderen Komparsin; gemeinsam drehten sie der Frau Korkenzieherlocken. Carola reagierte mit einem Glucksen auf eine Bemerkung der Friseurin. Genauso entspannt sah sie aus, wenn sie im Verein den Tänzerinnen die Haare machte. Es waren wohl tatsächlich die Bedingungen im Salon, die ihr die Arbeit verleideten.

Madeline kam in die Garderobe, begrüßte Carola und Lydia mit einem Küsschen, klopfte Tanja auf die Schulter und grüßte die anderen Square Dancerinnen mit einem Winken. „Alles klar, Mädels?" Sie setzte sich und streifte ihre Sandalen ab. „Sind inzwischen all unsere Leute versammelt? Wisst ihr das zufällig?"

Tanja schnaufte, um den aufsteigenden Zorn zu beherrschen. „Sag doch gleich, dass du wissen willst, ob Micky gekommen ist! Und nein, ich habe nicht nachgeschaut, ob er schon da ist." Sie deutete auf Madelines Handy auf dem Garderobentisch. „Chris kann es dir sagen." Aber Chris hätte sie gewiss schon angerufen, wenn Micky nicht da wäre. Warum fragte Madeline wirklich?

„Micky kommt immer in der letzten Minute. Oder danach." Carola kicherte. „Ich habe noch nie erlebt, dass er auch nur fünf Minuten verschenkt hätte."

Lydia lachte auf. Die beiden hatten gewiss keine Albträume gehabt.

Tanja biss sich auf die Lippen, um nicht herauszuplatzen. Was wollten sie denn alle von ihr? Sie drehte ihnen den Rücken zu und nahm ihr Kostüm von der Kleiderstange.

Schließlich war sie als eine der letzten fertig frisiert und geschminkt. Carola fehlte noch; sie hatte die ganze Zeit Hand in Hand mit einer der Friseurinnen gearbeitet.

Zusammen mit Madeline verließ Tanja die Garderobe. Sie lag im hinteren Teil des Studio-Gebäudes; die der Stars waren zentraler gelegen. Vielleicht lief ihr Manolo über den Weg; sie wusste genau, welche seine Garderobe war. Gemächlich schlenderte sie hinter Madeline her.

Schließlich hakte Madeline sie unter und nötigte sie zu einem schnelleren Schritt. „Vermisst du ... etwas?"

„Sollten wir nicht auf Carola warten?"

Madeline lachte. „Um Carola mache ich mir von allen am wenigsten Gedanken." Sie blickte auf ihre Armbanduhr. „Oh verflixt! Ich habe vergessen, sie abzulegen!"

Dass Madeline einen Augenblick abgelenkt war, kam ihr gerade recht. Sie befreite sich aus ihrem Arm und blieb stehen. Sie hatte es nicht eilig, nach draußen zu kommen. Noch nicht.

Ein paar Türen vor ihnen kam Manolo aus seiner Garderobe. Die Schwarzhaarige aus dem Saloon lehnte sich in den Türrahmen. Tanja blieb der Mund offen stehen: Die Frau war schwanger, unübersehbar. Manolo legte den Arm um sie und küsste sie auf die Stirn.

Tanja klappte den Mund wieder zu und schnaufte empört.

Madeline drehte sich um und griff nach ihrem Arm. „Das ist bestimmt Consuela."

Tanja zwinkerte irritiert. „Consuela?"

Madeline lachte auf. „Du liest alles über Rioja, was du in die Finger kriegst, und weißt nicht einmal, dass er verheiratet ist? Und glücklich, wie es aussieht."

Tanja hatte plötzlich einen Kloß im Hals. „Woher weißt du, dass das seine Frau ist?"

„Carola hat sie getroffen. Und sie uns beschrieben."

„Uns?"

Madeline zuckte die Achseln. „Wir haben gestern Abend zusammengesessen – Chris, Großpapa und ich. Wir waren wie auf Kohlen, ob Carola es schafft, Micky hierherzubewegen."

Tanja starrte weiter auf das Paar vor ihnen. Manolo streichelte der Frau den Nacken. „Habt ihr euch gegen mich verschworen?"

„Wieso gegen dich? War nicht Micky unser Problem?"

Tanja zwinkerte, um die Tränen niederzukämpfen, die in ihren Augen drohten. Dann ging sie mit Riesenschritten auf den Ausgang des Gebäudes zu. Als sie an Manolo vorbeiging, wandte sie den Kopf ab.

Erst als sie die Tür ins Freie öffnete, klang das Stakkato von Madelines Stiefeln hinter ihr. Draußen fing Hinnerk sie nach wenigen Schritten ab. Er schien zu merken, dass etwas nicht richtig war, denn er streichelte wortlos ihren Arm. Mit zusammengebissenen Zähnen ließ sie sich von ihm zum Tanzboden begleiten. Manolo verheiratet – das konnte nicht sein. Er war nicht der Typ, der seine Fans an der Nase herumführte.

Madeline kam an Manolos Seite heraus, die Röcke gerafft, um sie nicht durch die Pfützen zu schleifen, die von dem nächtlichen Unwetter übrig waren. Manolo hatte ein Lachen im Gesicht, als sie etwas zu ihm sagte.

Hinnerk hielt Tanja immer noch am Arm fest. Dachte er, sie würde davonlaufen wie Micky?

„*Buenas días!*" Manolo lächelte Tanja an. „Guten Morgen, lieber Fan." Er runzelte die Stirn. „Lieber Fan? Geht das auf deutsch?"

Hinnerk antwortete auf englisch. „Du musst das wirkliche deutsche Wort nehmen." Er wackelte mit der Nase. „Wenngleich es eigentlich keines gibt."

„Anhängerin", sagte Madeline. „Gefolgsfrau."

„Das ist Mittelalter, meine Beste." Hinnerk feixte. „Da nehmen wir doch lieber gleich ... Schwärmerin ... Verehrerin?"

Madelines Augen leuchteten plötzlich auf und sie deutete mit dem Kopf zur Studiotür. Chris stand dort und ließ Norbert und Micky an sich vorbei nach draußen gehen. Gleich darauf kamen auch die übrigen Square Dancer auf die Straße und Chris folgte ihnen.

Tanja sah zu Boden, um nicht Mickys Blick zu begegnen. Das wollte sie jetzt nicht wissen, wie er sie ansah.

Chris legte seinen Arm um Madelines Schulter und küsste sie auf die Nasenspitze. „Ich habe dich vermisst, *Darling*."

„Ihr habt euch eben viel zu lange nicht gesehen." Grinsend zog Hinnerk Madeline von Chris weg. „Aber jetzt gehört sie erst einmal mir." Er half ihr die Stufen zum Tanzboden hoch.

Chris begrüßte Manolo. „Um uns warm zu tanzen, brauchen wir nicht auf die Regie zu warten."

Manolo nickte. „Ich bin sehr dafür, Zeit zu sparen."

Carola hakte sich bei ihm unter. Was fiel ihr ein? Manolo war doch in ihrem Square. „Alles okay mit Consuela?"

„Sie ist zurück in die Garderobe und hat sich hingelegt." Er sah sich um. „Noch keine Paparazzi heute, die uns beide fotografieren wollen?"

Die beiden Kameramänner brachten ihre Gerätschaften in Position und wiesen Chris seinen Platz am Rand der Tanzfläche zu. Der Fiddler setzte sich auf den Sidewalk vor dem Sheriffbüro und begann, seine Fiddle Saite für Saite zu stimmen. Aus dem Disponentenbüro kam Jack Harten mit Helen, der Skript Supervisorin, eine dampfende Plastiktasse am Mund.

Manolo ging zu Jack und wechselte ein paar Worte mit ihm; dann stieg er auf den Tanzboden. „Eine Viertelstunde haben wir, bevor es ernst wird. Bis dahin wird auch Josh mit dem Stimmen fertig sein."

Madeline übersetzte es für die, die dem englischen Wortwechsel nicht gut genug folgen konnten.

Chris hob die Hand, um mangels Musik das Startzeichen für die erste Probe zu geben. Dann ließ er sie wieder sinken und sah Tanja an. „Tausch mit Lydia die Plätze." Er wollte sie aus dem Square mit Manolo heraushaben. Anscheinend traute er Micky noch nicht. Oder ihr?

Ihr Blick ging zu Manolo, der ihr gegenüber stand und so gleichmütig guckte, dass er Chris sicher nicht verstanden hatte. Sie presste die Lippen zusammen und machte Lydia Platz, die Chris' Aufforderung sofort nachgekommen war.

Chris atmete sichtbar erleichtert aus. Dann hob er den Arm erneut und begann seine Calls. Bis sie die Figuren einmal durchgetanzt hatten, hatte Chris drei Mal stoppen und wiederholen lassen. An diesem Morgen waren Beate und Franz, die beiden fremden Komparsen, höchst unaufmerksam.

Tanja wollte es nur noch hinter sich haben. Nichts hatte sich erfüllt von ihren Erwartungen; und jetzt war Manolo auch noch in einem anderen Square. „Es muss doch nicht perfekt sein." Beim Schnitt würden die sich eh aussuchen, welche Stücke sie nahmen. „Wir sind ganz normale Bewohner von Los Alamos, keine Saloon-Tänzer."

„Lass dir nicht einfallen, Pannen einzubauen! Keine Eigenmächtigkeiten heute, Tanja." Chris war offensichtlich schlecht gelaunt. Was bedrückte ihn denn noch? Der Dreh konnte das doch nicht mehr sein.

Hinnerk fasste Madeline an der Hand, aus den Augenwinkeln den Blick auf Chris gerichtet. „Habt ihr Streit, ihr zwei?"

„Nicht dass ich wüsste."

„Dann hat er wieder Ärger mit Schorsch!" Hinnerk knurrte. „Dein Großvater sollte sein Amt endlich den Jüngeren überlassen."

Madeline zuckte nur die Achseln.

„Sind jetzt alle da?", fragte Jack von unten.

Helen stand am Rand des Tanzbodens und zählte die Tänzer mit den Fingern durch. „Niemand fehlt."

Der Regisseur gab dem Fiddler ein Zeichen und Josh erhob sich von seinem Platz auf dem Sidewalk.

„Ihr tanzt das jetzt einmal ungestört und so nehmen wir es dann auch auf." Er zog die Augenbrauen zusammen. „Für alle Fälle."

Sie begannen noch einmal, dieses Mal mit der Fiddle. Dass Chris nicht sang, war noch immer ungewohnt und es nahm Tanja den Schwung aus ihren Bewegungen. Oder lag es an etwas anderem?

Micky schien gänzlich unbekümmert und bester Laune. Er hatte auch keine schlaflose Nacht gehabt. Immer wieder lachte er Ana zu, von der sie inzwischen wusste, dass sie die Tochter des Hacienderos spielte und beim Angriff der Indianer ihren Liebsten verlor.

An den Anweisungen, die Jack in der Zwischenzeit gab, und der Bewegung vor dem Tanzboden war deutlich zu erkennen, dass die Zeit drängte. Ohne weiteren Kommentar ließ er anschließend drehen. Danach immerhin gab er ein paar zufriedene Laute von sich. Chris fuhr sich mit dem Ärmel über die Stirn; er schwitzte mehr als die Tänzer. Zwei Visagistinnen kamen auf den Tanzboden hoch und reparierten in aller Eile ihre Make-ups.

Dann trat Jack an den Rand des Tanzbodens. „So, jetzt kommt der schwierige Teil."

Im letzten Viertel der Szene rückt der Überfall nach und nach ins Bewusstsein der Tänzer. Weil die Indianer nur mit Pfeil und Bogen schießen, gibt es keinen Lärm, der die Stadt warnt. Erst Hinnerk, dann Carola, nehmen zufällig Bewegungen wahr, während sie bei ihren Drehungen zwischen den Häusern hindurch in eine Seitengasse blicken. Sie stutzen und lassen sich aus dem Takt bringen. Nach leisen Wortwechseln wird der zweite Square aufmerksam. Aber noch begreifen sie nicht, dass Indianer die Stadt umschleichen. Dann alarmiert der Warnschrei eines Mannes, der nicht tödlich getroffen wird, schlagartig alle. Nur der Fiddler, der halb taub ist, spielt weiter, bis er schließlich bemerkt, dass niemand mehr tanzt. Er gab in dem Film anscheinend den *comic relief.*

Natürlich war dieses Stück der Szene der wichtigere Teil ihres Auftritts. Zehn Mal probten sie nur die halbe Minute vom Sichten der „Bewegungen" am Stadtrand bis zum Geflüster im ersten Square.

Schließlich war Jack zufrieden genug für die erste Aufnahme. Doch sie hatten sich getäuscht, als sie glaubten, damit wäre es erledigt. Jack hatte immer noch eine ganze Reihe von Änderungswünschen und schließlich wurde es Mittag, bis sie dieses Stück tatsächlich im Kasten hatten.

Während die Tänzer essen gehen durften, ging Chris mit Jack ins Disponentenbüro, um die Zeit nach der Mittagspause besprechen.

Micky half seiner Partnerin, der „Tochter des Hacienderos", die Stufen von der Tanzfläche herunter. Ana hatte an der „*Escuela de Interpretación*" von Cristina Rota in Madrid studiert. Was hieß, dass auch sie eine renommierte Schauspielerin sein musste; aber dies war ihr erster internationaler Film.

Als sie unten stand, sah sie sich zuerst nach Manolo Rioja um, dann wandte sie sich an Micky. „Kommen Sie mit zum Essen?", fragte sie in ihrem gebrochenen Englisch. Bei Rioja wäre sie gewiss besser aufgehoben, aber sie schien nicht damit zu rechnen, dass er Zeit für sie hatte.

Micky hielt ihr galant seinen Arm hin. „*¡Sí, Señorita!*" Ana bewahrte ihn davor, sich jetzt womöglich mit Tanja auseinander setzen zu müssen. Als Chris ihm wieder den Platz an Anas Seite gegeben hatte, hatte er drei Kreuze gemacht.

Er hatte erwartet, dass Rioja als Erstes nach seiner Frau sah, aber er schlug mit Lydia den Weg zur Kantine ein. Vielleicht traf er Consuela dort.

Tanja beeilte sich, an Riojas Seite zu kommen; hatte sie immer noch nicht aufgegeben?

Madeline hakte sich bei ihr ein. „Wo ist Carola?"

„Sie wird sich schon nicht verlaufen." Tanja hatte eindeutig schlechte Laune.

„Sie ist in die Garderobe zurückgegangen", sagte Rioja. „Sie findet das Filmemachen wohl genauso langweilig wie du, Madeline."

„Ich finde es absolut faszinierend." Tanja bedachte Rioja mit einem geradezu lasziven Augenaufschlag.

Aber Rioja schien nicht beeindruckt. „Dann solltest du es wie deine Freundin Carola machen."

„Wieso? Was macht sie denn?"

„Sie hat heute früh Consuela frisiert."

Tanja klappte der Mund auf; auch Madeline schien überrascht zu sein. „Und?"

„Consuelas Friseurin nimmt sie unter ihre Fittiche: Pilar hat sich mit einigen Leuten hier angefreundet und kann vielleicht etwas für sie tun, damit sie aus ihrem Salon herauskommt."

„Kaum!" Madeline schüttelte bedauernd den Kopf. „Carola hat ihre Lehre noch nicht abgeschlossen."

Tanja lachte. „Die werden hier auch nicht sofort einen Job für sie haben. Aber langfristig einen Fuß in die Tür kriegen, dafür wäre das vielleicht ein Anfang."

„Siehst du!" Rioja tätschelte ihre Schulter und Tanja errötete.

„Was sehe ich? Für mich gibt es hier keinen Job."

„Und was machst du gerade?“ Er zog sie auf; das war sonnenklar. Aber sie schien es nicht zu merken.

Micky feixte. „Plant ihr jetzt eure Star-Karrieren?“ Wenn er zu dem Ton zurückkehrte, der sonst zwischen ihm und Tanja herrschte, würden sie vielleicht zu ihrem normalen Umgang zurückfinden, ohne dass sie über ihrer beider kindisches Benehmen reden mussten.

„Als was?“, fragte Lydia.

„Als was, Tanja?“ Madeline grinste sie an. „Noch ein Western?“

„Ich bezweifle, dass hier oft genug Western gedreht werden.“

„Tanzfilme sind auch nicht mehr in Mode“, sagte Lydia.

„Musicals.“ Rioja sah aus, als meine er das ernst. „Consuela hat ein Angebot für nächstes Jahr.“

„Hier in Babelsberg?“ Tanja blieb stehen. „Das wäre ja chic.“

„Wieso?“ Madelines Blick drückte das gleiche Misstrauen aus, das in Micky erwachte. „Wegen Carola?“

„Natürlich wegen Carola. Falls sie bis dahin ihre Lehre abgeschlossen hat ...“ Allerdings war Carola gerade wieder in der Theorie durchgefallen; aber das brauchte diese Pilar ja nicht zu wissen.

Tanja bekam jedoch ein höchst verdächtiges Glitzern in die Augen. Gab es eigentlich irgendeine Garantie, dass Rioja nächstes Jahr immer noch der treue Ehemann wäre?

„Du bist dann sicher auch wieder hier“, sagte Micky zu ihm. Er wollte doch wissen, womit er zu rechnen hatte.

Rioja schüttelte den Kopf. „Wir haben selten gemeinsam Arbeit.“ Er lachte auf. „Ich kann weder singen noch tanzen.“

„Und was machst du gerade mit uns?“ Madeline feixte.

Tanja zog an Riojas Arm, um seine Aufmerksamkeit zu bekommen. „Müsstest du nicht mitkommen, weil du dann auf euer Kind aufpassen musst?“

„Eben deshalb habe ich kein Engagement für die gleiche Zeit angenommen." Er grinste. „Ich kann es mir leisten, die Drehtermine zu bestimmen."

Hinter ihnen klingelte plötzlich ein Fahrrad anhaltend und durchdringend. Eine der Skript Supervisorinnen radelte mit hochrotem Kopf, heftig in die Pedale tretend, auf sie zu. „Manolo!" Sie keuchte.

Er trat ihr entgegen und fing sie auf, als sie abrupt vor ihm abbremste. Sie stieg ab; er schnappte sich das Rad und jagte den Weg zurück, den die Skript Supervisorin eben gekommen war.

„Was ist denn los?" Tanja blickte irritiert in die Runde.

„Was wohl! Gut, dass Chris noch im Studio ist." Madeline fasste die Skript Supervisorin am Arm. „Zeigen Sie mir den Weg?" Sie drängte die Frau zur Eile.

„Was ist denn los? Madeline benimmt sich ja, als ob es jetzt schon brennt. Das ist doch erst für den Nachmittag vorgesehen."

„Aber Tanja!" Micky streckte die Hand nach ihr aus. „Lass uns essen gehen. Auf die brauchen wir jetzt gewiss nicht mehr zu warten." Er runzelte die Stirn. „Hoffentlich bedeutet das nicht, dass der Nachmittagsdreh ausfällt."

Ana sah ratlos von einem zum anderen.

„Consuela", sagte Micky.

„*¡Dios!*" Ana riss sich von ihm los und rannte Madeline hinterher.

„Du meinst, sie kriegt ihr Kind? Jetzt?" Na endlich begriff auch Tanja. „Dann schicken sie uns bestimmt gleich nach Hause." Seltsamerweise klang es gar nicht, als täte es ihr leid.

„Kaum. Manolo ist doch Profi." Lydia legte eine Hand auf ihren Bauch. „Ich tät das von Sakir auch nicht erwarten."

Tanja bekam große Augen; dann begann sie zu kichern. „Deswegen ist dir heute früh schlecht geworden", stieß sie prustend hervor.

Micky starrte einen Moment auf Lydias Hand: Lydia war schwanger. Aber was war daran so witzig? Frauen – sollte einer ihre Gedankengänge verstehen. „Gehen wir nun in die Kantine?" Wieder streckte er seinen Arm aus.

Lydia hakte sich bei ihm ein und griff dann nach Tanjas Hand. „Klar gehen wir jetzt essen."

„Und wir passen auf, dass du für zwei isst." Übermütig schwenkte Tanja Lydias Hand. Ihre gute Laune schien endlich zurück. Sie ging einen halben Schritt voraus, sodass sie Micky anschauen konnte. „Wie ist das eigentlich mit dir? Magst du Kinder?"

„Das kommt darauf an."

„Worauf?"

„Darauf, wessen Kinder es sind." Ihn überkam ein plötzlicher Anfall von Kühnheit. „Wenn es deine wären, würde ich sie lieben."

Lydia ließ sie beide los und schob sie lachend aufeinander zu. „Dann regelt das jetzt endlich mal."

Tanjas Augen glitzerten. Das waren doch keine Tränen, oder?

„Oh Micky!" Sie legte die Arme um seinen Hals und ihr Gesicht an seine Wange. „Du Idiot!"

Dass sie immer das letzte Wort haben musste.

ENDE

Quick, quick, slow - Tanzclub Lietzensee
Weitere Romane aus der Reihe:

Annemarie Nikolaus
Die Enkelin

Madeline Lagrange verliert ihr Herz an den Square Dance - und an den Caller der Gruppe.

Chris Rinehart, der Caller des Tanzclubs Lietzensee, verliebt sich in Madeline. Aus Verantwortungsbewusstsein verleugnet er ihr gegenüber aber seine Gefühle.

Während Madeline mit der Kompromisslosigkeit ihrer siebzehn Jahre Chris zu verführen versucht, setzt ihr Großvater alles daran, um ihn aus dem Verein zu verbannen.
Als Taschenbuch ISBN 9782902412518
Als E-Book auf allen großen Plattformen.

Annemarie Nikolaus
Zurück aufs Parkett

Nach einem schweren Autounfall hat Friederike Lagrange den Turniertanz aufgeben müssen und stattdessen Karriere als Hochschullehrerin gemacht. Nun wagt sie sich zusammen mit einem Kollegen wieder aufs Parkett.

Aber als sie mit dem Tanzclub Lietzensee einen Film über Tänze des Barocks plant, will auch ihr Mann wieder mit ihr tanzen. Kann sie ihr Dilemma lösen, ohne einen von beiden zu kränken?

Taschenbuch ISBN 9782902412525
Als E-Book auf allen großen Plattformen

Tine Sprandel
Nele

Die ehemalige Turniertänzerin Nele lässt ihre Terrassentür immer offen. Wegen der Katzen. Ihr Lohn von dem kleinen Putzjob im Tanzclub Lietzensee reicht kaum für sie und ihre beiden Söhne, schon gar nicht für eine Katzenklappe. Eines Nachts überrascht sie einen Mann in ihrer Gartenecke im Hinterhof in Berlin-Prenzlauer Berg. Er gibt vor, seine eigene Katze zu suchen, doch sie hält ihn für einen Dieb. Worauf ist er aus? Auf ihre goldenen Tanzschuhe oder auf ihr Herz?
Taschenbuch und als E-Book,

Tine Sprandel
Treppensturz

Ein Toter liegt in einem Kreuzberger Hinterhof. Der Tänzer Frederik Tapis stürzte die Hintertreppe des Tanzclubs Lietzensee herunter. Neben der Leiche sitzt seine Tanzpartnerin Rita Färber, verstört, mit den Händen vor ihrem Gesicht. Sie ist erst vor zwei Wochen auf Wunsch ihrer Eltern nach Berlin gezogen, nun sieht sie sich vor einer Katastrophe. Außerdem kann sie sich nicht erinnern, wie es zu dem Sturz kam. Stück für Stück gräbt Rita die Erinnerung hervor. Ihr Ex-Freund Holger Flimms aus München und ihre Liebe zu ihm spielen dabei eine zentrale Rolle. Wer trägt die Schuld?
Taschenbuch ISBN 9781490531229.und als E-Book

Evelyn Sperber
Liebe tanzt Rumba

Die Abiturientin Katja Römer und der französische Musikstudent Gaston Berraque haben sich im Tanzclub Lietzensee kennen und lieben gelernt. Katjas Vater hat etwas gegen Ausländer und verbietet seiner Tochter den Kontakt mit Gaston. Heimlich besucht sie mit Gaston den Tanzkreis, als Alibi dient ihre Freundin Marie. Als der Schwindel auffliegt, beginnt für Katja zu Hause die Hölle.

Als E-Book erhältlich.

Marion Pletzer
Tanz bei offenen Türen

Marga Fischer arbeitet mit Leib und Seele als Bürokraft für ihren Tanzclub Lietzensee und leistet so manche unbezahlte Überstunde. Ihrem Mann Udo gefällt das gar nicht. Häufig gibt es deswegen Streit. Gerade als Marga eine Möglichkeit findet, ihrer Arbeit und Udo gerecht zu werden, kommt es im Verein zu einem Wasserrohrbruch. Und das kurz vor einem Turnier. Nun ist Margas ganzer Einsatz gefordert.

Als E-Book

Über die Autorin

Annemarie Nikolaus, gebürtige Hessin, hat zwanzig Jahre in Norditalien gelebt. 2010 ist sie mit ihrer Tochter in die Auvergne in Frankreich gezogen.

Anfang 2001 hat sie mit dem literarischen Schreiben begonnen. Seit 2011 veröffentlicht sie vorwiegend verlagsunabhängig. Qindie-Autorin.

Sie hat Psychologie, Publizistik, Politik und Geschichte studiert und war u.a. als Psychotherapeutin, Erwachsenenbildnerin, Journalistin, Lektorin und Übersetzerin tätig.

Wenn Sie meinen Newsletter abonnieren, erhalten Sie exklusiv Lesestoff zu „Freundschaftspreisen" oder kostenlos und Informationen über Neuerscheinungen.
http://eepurl.com/Ub86b

Die Biografie im Wikipedia: http://bit.ly/r0mwoC
Blog: http://annes-werke.blogspot.fr/
Homepage: http://www.annemarie-nikolaus.de/
Facebook: http://on.fb.me/JLAN6J
Twitter: http://twitter.com/AnneNikolaus

Romane und Erzählungen:
Königliche Republik. Historischer Roman. ISBN 9782902412471
Magische Geschichten. Kurzgeschichten für Kinder. ISBN 9782902412488
Die Piratin. Fantasy-Roman. Reihe „*Drachenwelt*". ISBN 9782902412495
Das Feuerpferd. Fantasy-Roman. ISBN 9782902412501
Die Enkelin. Liebesroman. Reihe „*Quick, quick, slow – Tanzclub Lietzensee*". ISBN 9782902412518
Flirt mit einem Star. Liebesroman. Reihe „*Quick, quick, slow – Tanzclub Lietzensee*". ISBN 9782902412532
Zurück aufs Parkett. Eheroman. Reihe „*Quick, quick, slow – Tanzclub Lietzensee*". ISBN 9782902412525
Verjährt. Historische Krimi-Kurzgeschichten. ISBN 978-9782902412549
Ustica. Ein Mini-Thriller. ISBN 9782902412556 TB mit Gutschein für das E-Book.
Tot. Krimi-Kurzgeschichten. ISBN 9782902412587
Leuchtende Hoffnung – Adventskalender. Bebilderter Science Fiction-Roman. ISBN 9782902412563

Sachbücher:
Aquitanien: Das Ende eines Krieges. Reihe „*Am Rande des Weges ...*" ISBN 9782902412570
Suche Reisebegleitung. Reihe „Fliegende Blätter" ISBN 9781499608427.

Junge Welten. Reihe „*Fliegende Blätter*" ISBN
978500971991

* 9 7 8 2 9 0 2 4 1 2 5 3 2 *